抱黑守白

我与黑哥们儿

瞿弦和 著

中国戏剧出版社
CHINA THEATRE PRESS

图书在版编目（CIP）数据

抱黑守白 : 我与黑哥们儿 / 瞿弦和著. -- 北京 :
中国戏剧出版社, 2022.10
ISBN 978-7-104-05253-1

Ⅰ. ①抱… Ⅱ. ①瞿… Ⅲ. ①随笔－作品集－中国－
当代 Ⅳ. ①I267.1

中国版本图书馆CIP数据核字(2022)第125903号

抱黑守白：我与黑哥们儿

责任编辑：赵宇欣
责任印制：冯志强

出版发行：中国戏剧出版社
出 版 人：樊国宾
社　　址：北京市西城区天宁寺前街2号国家音乐产业基地L座
邮　　编：100055
网　　址：www.theatrebook.cn
电　　话：010-63385980（总编室） 010-63381560（发行部）
传　　真：010-63381560

读者服务：010-63381560
邮购地址：北京市西城区天宁寺前街 2 号国家音乐产业基地 L 座

印　　刷：北京鑫益晖印刷有限公司
开　　本：787mm×1092mm 1/16
印　　张：15.25
字　　数：272千字
版　　次：2022年10月 北京第1版第1次印刷
书　　号：ISBN 978-7-104-05253-1
定　　价：158.00元

前言

历史是幽默的。

我这个普通演员在中国煤矿文工团团长岗位上度过了三十年，仿佛是扮演一个与自己差距很大的角色似的，始终觉得是个历史的误会。

但它却让我接触了煤矿工人——燃烧自己、照亮别人的伟大群体，人们称这个群体为“黑哥们儿”。

他们感染了我，教育了我，他们当中有全国劳动模范、有五一劳动奖章获得者、有煤炭行业的领头人、有中国十大杰出青年、有活跃在文学艺术领域的煤矿人，更有矿区工会干部，他们抱黑守白、心灵高尚、事业有成。

我爱他们，我敬他们，我与“黑哥们儿”的故事说不完。

目录

CONTENTS

“黑哥们儿”和“黑姑娘”

《煤啊，我的情人我的黑姑娘》是诗人屈金星诗作的题目。“黑姑娘”是“黑哥们儿”对煤、对煤炭事业的爱称，诗人屈金星夫妇均是中国矿业大学的毕业生，屈金星写有大量歌颂煤矿工人的诗歌并著有传播屈原文化的其他体裁的作品。其中，朗诵最多、影响最为广泛的应该是这首《煤啊，我的情人我的黑姑娘》。

诗歌分为四个段落，最使人感动的是第二段：“不管与你定情的夜晚，是风骤还是雨狂，既然走向地心深处，彼此捧出的都是滚烫，……在八百米深处，只有你用乌黑的嘴唇，吻我裸露的肩膀，煤啊，我的情人我的黑姑娘！”

没有亲身经历和体验是写不出这样的诗句的。屈金星几次向我讲述：“我从中国矿业大学采矿系毕业后，到北京房山地方矿工

《煤啊，我的情人我的黑姑娘》
是我朗诵的保留节目

作，和矿工一起摸爬滚打，平日特别寂寞，苦闷时动摇过，但对煤炭的爱战胜了自己，在一个风雨交加的夜晚，我一挥而就写了这首诗！”

这位后来担任中国矿业报社长助理的诗人总会说起他意外接到的几个电话，他没有想到这首诗的反响如此之大！《中国煤炭报》的记者白晓光来电：“中央台正播放你的诗呢！瞿弦和朗诵‘黑姑娘’呢。”；中国矿业大学校友李春霞来电：“部里在黑龙江七台河开工作大会，瞿团在台上正朗诵你的诗，据说是王显政部长点的节目。”；浙江诗人晚上十一点打来电话：“我在杭州电厂晚会里听到你的诗，说情人的，有意思！其实煤电也是一家亲啊！”

2006那一年，山西西山矿务局的杜尔坪矿建矿50年，我们在井口慰问交接班的工人，党委书记和工会梁建民部长在台阶两侧陪伴我们，谢新民书记拿起小提琴亲自演奏《沉思》为我的朗诵伴奏，没想到每个段落的最后一句都成了齐诵，当我读到“煤啊，我的情人”之后，全体矿工都会齐声读出“我的黑姑娘”，他们大声朗诵着，满脸笑容，嘴张着，露出一口白牙。同样，在

小提琴伴奏为矿区谢新民书记

中国矿业大学校庆的演出现场，我在舞台上朗诵此诗，在校师生和煤炭系统的嘉宾也齐诵着这句。

社会上仍有人歧视煤炭行业，“煤黑子”的老观念还在影响着人们，这些人往往享受着无尽的光和热，却忘记了那些“燃烧自己，照亮别人”的煤矿工人。

安徽著名诗人周志友曾写过一首《黑之歌》，是那么深沉。诗中写道：“有谁歌唱过黑色？有谁理解黑色？黑色，黑色，凝聚着光，它包含热。雄浑的气质，坚定的性格，光的归宿，七彩的综合。”

在中国矿业大学校庆时朗诵《煤啊，我的情人我的黑姑娘》

与诗作者屈金星（左一）及晋珊元书记（右一）在一起

陈克西导演讲《黑之歌》拍摄构思

在井下大巷与矿工在一起

1986 年，我去安徽淮南潘一矿，安徽电视台导演陈克西拍摄电视艺术片《黑之歌》(诗歌《黑之歌》TV 版荣获全国电视文艺“星光奖”)，他让我朗诵这首诗，那真是一次对“黑色”这两个字的理解过程。

我们参加拍摄的演员们刚到达潘一矿，陈导便立即组织大家下井体验生活，他说：“要想拍好《黑之歌》，就得当一次‘黑哥们儿’。”我以为朗诵也要在井下拍，他说：“那不方便，我在地面搭了一个模拟巷道，你们带着真实的感觉，一定能拍好！”

我并不是第一次下井，早在1964年，我作为中央戏剧学院在校大学生参加山西省昔阳县社会主义教育运动四清工作队的一员，在山西阳泉一矿下井参观。似乎从那时起，命运就预示着我将一辈子与煤矿结缘。

这次在潘一矿拍摄不同，从大巷到工作面的距离很远，超过了半小时，沿途我观察着“黑哥们儿”日复一日、年复一年的工作环境……黑色的煤壁，黑色的煤车，黑色的头盔，还有一张张黝黑的面庞。要知道驶向工作面的时间是不计算在八小时之内的啊！对照之下，我们在大城市上班因路途远、堵车发牢骚的情绪便显得那么渺小。我们没有直接参加劳动，但已经很累了。

陈克西导演祖籍山西，父辈是大同矿区的老前辈，对“黑哥们儿”格外情深，他要把这首诗拍成类似后来的TV版，他对每一句诗的内涵都不放过。我下井带着“走马观花”的感觉拍摄，当我读到“黑色是质朴的、雄浑的、坚定的，是充满信心和力量的”时，觉得心里特别充实。

“黑哥们儿”个个都很帅气，淮南矿务局工会的周玉鸿不仅英俊，而且是个才子，我跟他接触很多，他会把其参与编辑的煤矿工人的杂志《银河》按时寄到我家，他和《淮南矿工报》的记者一同采访我，他让我结识了学者型的淮南矿务局董事长王源，他安排了我们去谢一矿、新庄孜、潘一矿、潘二矿、潘三矿、顾桥矿、潘北矿、张集矿、丁集矿、朱集矿……他所在的矿区宣传

矿工杂志《银河》封面刊登
王源董事长接见演员

与淮南矿区叶有贵、周玉鸿主席、艺术家李琦、
马振铭、吕炳才等参加淮煤职工乐团成立仪式

部组建了淮煤职工乐团，成员都是矿工，成立那天还让我题写了“艺海飘香”四个字，我们还拍了一张乐团成立纪念照。他带我去品尝当地特色小吃“臭干子”，这是一种回味幽香的美食，刚炸出来的“臭干子”蘸上辣椒，好吃极了，我经常一个人吃一盘。

20世纪90年代，他让我主持在体育馆举行的中美文化交流活动“彩虹之歌”，难忘的是我与著名的电影表演艺术家孙道临老师同台演出。演出活动展示了“黑哥们儿”国际文化交流的能力，中美电视台都播出了活动的实况录像。与安徽省电视台共同主办的“豆腐节”开幕式，我也荣幸地主持了多次，弘扬民间豆腐文化，同时还主持了淮南矿区女高音张伟光独唱音乐会。

我与淮南还有淮北、新集、皖北的“黑哥们儿”结下了深厚的友谊，他们把我当作自家人，几乎年年见面。1997年在淮南谢一矿的广场，我荣获了“荣誉矿工”的称号，我在满场“黑哥们儿”的欢呼声中手捧矿工帽、接过奖杯，我真想高呼一声：“矿工万岁”，但却哽咽着只说了一句：“幸福啊，我也是‘黑哥们儿’。”在生命中，我最看重的就是“荣誉矿工”和“乌金大奖”，因为这是“黑哥们儿”对我的认可。

真正喊出“矿工万岁”，那是2005年朗诵著名作家杨启舫的诗作《矿工万岁》。杨启舫是铁路文工团年轻有为的诗人，俗话说“路矿是一家”，我曾在中国铁路文工团艺术家王志飞与中国煤矿文工团艺术家张定涵的婚礼仪式上，为他们未出生的孩子取名，男孩叫“路矿”，女孩叫“铁煤”，此调侃成为两团演员交流中最常提到的内容，更说明“铁路人”与“煤矿人”的情谊。启舫的作品中饱含对“黑哥们儿”的理解与热爱。《矿工万岁》的朗诵者是文工团艺术家郭凯敏、贾雨岚、徐涛和我，这个节目安

热情的淮南煤矿工人

中国煤矿文联主席
梁嘉琨盛赞诗歌
《煤啊，我的情人
我的黑姑娘》

荣获“荣誉矿工”的称号

诗人杨启舫在全
国文代会上

濮洪九部长亲授“乌金大奖”

与艺术家贾雨岚、雷凌朗诵杨启舫的诗《科技擎起平安的天》

与艺术家郭凯敏、贾雨岚、徐涛朗诵诗人杨启舫的诗《矿工万岁》

排在第三届中国煤矿艺术节开幕式的开场，诗中写道：“你深深弯下的脊背，驮起民族的尊严，你额头闪亮的矿灯，点亮华夏的光辉，矿工万岁。”听到这荡气回肠的诗句，“黑哥们儿”震耳欲聋的欢呼声在夜空中回荡，真是激情迸发。

诗人杨启舫的另一首诗，则赞美了“黑哥们儿”科学管理矿山的精神，《科技擎起平安的天》这首诗用“矿山的女人”“矿山的女儿”“做丈夫的男人”三种身份表达安全生产的重要，把平日里的宣传、单调的重复变以人物的口吻，听起来亲切、中肯。“平安是妻子的心，平安是儿女的盼，平安是全家的福，平安是矿山的天”，三位演员身着生活服装，像在生活中聊天，非常自然，有时在井下真实环境中朗诵，有时又在背景为井下大巷的舞台上朗诵，“黑哥们儿”爱听，朗诵结束，总是会在停顿两秒之后，响起赞许的掌声，说明“黑哥们儿”理解了、思考了、要付诸行动了。而我们深入生活也亲眼看到、体验到现代化矿井的优越和科技对矿工安全所起的保护作用。在河南永煤，在天轮下的露天

在河南永煤天轮下的露天舞台上与矿工一起讲煤矿安全

舞台上，我与矿工们一起讲安全，谈体会。在神东上湾煤矿，取得博士学位的矿工在井下操作现代化设备，这些科技成果就像可爱的“黑姑娘”。工作面上寥寥无几的“黑哥们儿”他们早已不黑，在厚厚的煤层前显得那么矫健、那么整洁，在下井前穿上的白衬衣一尘不染。开采的煤炭，如瀑布一样下泻，真壮观，真是“黑哥们儿”歌唱“黑姑娘”啊！

在现代化矿井神东上湾井口，与艺术家王谦祥、曾静、陈倩倩、黄鹤翔、吕炳才合影

中国煤矿文工团派出参加全国青年歌手大奖赛的合唱团由中国矿业大学组成，在歌唱家宁峰的指导下闯进决赛，倍受赞誉，展示了“黑哥们儿”和“黑姑娘”的风貌

特别能战斗

2008年，在北京人民大会堂的大舞台上，一部反映开滦煤矿的音乐舞蹈史诗《百年追梦》开始了，我身着黑色衬衣、红色西服站在平台的高处，朗诵着著名诗人杨启舫《跨世纪的问候》的诗句：“……这里是开滦，这里是唐山，这里是中国历史上自从有了文字记载以来的神州第一佳矿……”。

煤矿工人奋斗史登上国家级大舞台，使我在激动之中平添了一股自豪感！

几天后，作家刘星创作的一部反映开滦煤矿民族工业发展史的话剧《打春》又在国家大剧院戏剧场上演。我饰演了历史人物李鸿章，虽不是主角，但也过了一把戏瘾。

煤矿工人有着“特别能战斗”的精神，这是毛主席在《中

在北京人民大会堂主持纪念开滦 130 年
音乐舞蹈史诗《百年追梦》

在国家大剧院戏剧场演出原创
话剧《打春》，扮演李鸿章

国社会各阶级分析》一文中对 1925 年焦作煤矿工人罢工的赞誉，也是煤矿工人的精神象征。煤炭行业的领头人之一梁东司长，曾以书法形式赞美中国煤矿文工团。

开滦煤矿集团有着悠久的历史，被称为中国煤炭工业源头。中国煤矿文工团与它有着不解之缘，我眼前浮现出一幕幕情景。

我从 1973 年调入中国煤矿文工团，几乎在开滦各个矿区都

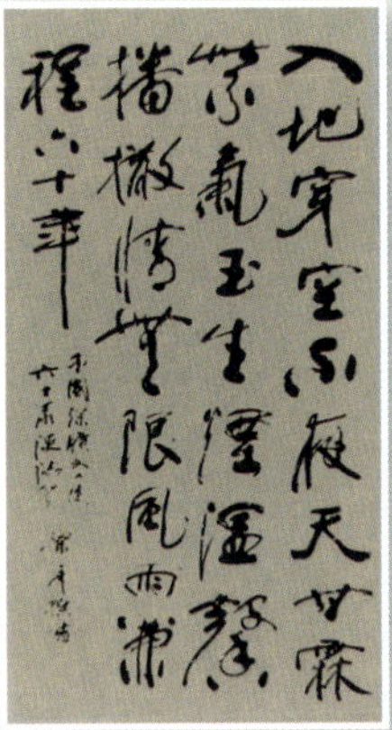

梁东挥毫赞美中国煤矿文工团

煤炭行业书法家梁东

演出过：唐山矿、马家沟、赵各庄、唐家庄、林西、范各庄、钱家营、吕家坨、林南仓……，1976 年唐山大地震的前一天，我们歌舞团、话剧团近 200 名演职员本应到唐山报到，准备在开滦煤矿的巡演，打前站的同志把开滦煤矿第三招待所整座大厦的房间都分配好了，只因要参加煤炭工业部老部长徐今强的追悼会，日程延后了一天，而延后的这一天，发生了震惊世界的唐山大地震。

艺术家张勤在开滦抗震现场朗诵

我和“黑哥们儿”聊家常

地震中第三招待所整体坍塌，变成一片废墟，有人说，如果没有老部长整个文工团会全军覆没。

地震发生后，我们组织了抢险队，第一时间赶赴灾区参加救援，还用朗诵形式在现场鼓舞斗志。我们还创作了广播剧《八百米深处》《矿山奏鸣曲》，在中央人民广播电台播出，后者获得了中宣部颁发的“五个一工程”奖。

中国煤矿文工团话剧团录制广播剧《矿山奏鸣曲》

广播剧《矿山奏鸣曲》获中宣部“五个一工程”奖

我们这支队伍是工人文艺团体，是全国煤矿工人哺育成长的文艺工作者，从开滦集团的第一任领导开始，从未停止过对文工团的支持。

20 世纪 90 年代，煤炭行业遇到了前所未有的困难，供大于求，产销失调，许多煤炭企业发不出工资。在行业不景气的环境之下，为了保障煤矿工人的文艺队伍健康发展，张宝明部长组织

在井冈山召开中国煤矿文工团第十四次董事会联络员会议

了十家煤炭企业组建中国煤矿文工团董事会，形成“双向服务，双向受益”的良好渠道。开滦集团是第一批董事单位，在克服自身困难的同时，每年安排文工团演出并积极交纳董事会费。

时任开滦文体中心主任的李大为在每届的董事会联络员会议上总是率先发言。李大为热情幽默，平时总是笑嘻嘻的，笑起来眼睛眯成一条缝，但一张口却是诗一般的语言，总会引起满堂彩。就在音乐舞蹈史诗《百年追梦》和话剧《打春》演出结束不久，董事会联络员会议又一次召开，他开了头炮：“今天喜逢艳阳天，簇拥煤矿文工团，鼎力支持没二话，会费一准交足钱。”会场一片笑声、掌声。

大为主任不是随意编个顺口溜，他是有多部作品问世并获奖的作家，他的散文集《江上有好酒》《这里能听见心跳》均获得“乌金文学奖”，2020年又有新作《先农坛听雨》问世。

我发现他用的笔名是“古枫”，就好奇地问他缘由，他告诉我：

开滦作家李大为在散文集《这里能听见心跳》
中描写了我朗诵的《小草在歌唱》中的情景

“1986 年我去北京香山看满山红叶，后来在唐山赵各庄井下的十二道巷，一位矿工给了我一块在工作面采集的化石，说这是枫叶的化石，很逼真，我怦然心动，心想，原来这矿井下还藏着一座香山啊！尽管岁月漫长，却保留原貌，故而取笔名为‘古枫’。”

古枫的散文集《这里能听见心跳》中还写到我，那是我 1979 年现场朗诵雷抒雁名作《小草在歌唱》时的情景。那是在中山公园音乐堂举办的名为“向张志新烈士学习”的诗会，在社会上引起不小的轰动。文中写道：“朗诵者瞿弦和优美的嗓音那天竟然沙

赴山西潞安矿区重读雷抒雁名诗《小草在歌唱》

哑了，动情之处他泪流满面，哽咽着，使原本流畅的文字接连出现暂时的停顿，台下的观众抽泣着，鼓着掌，瞿弦和不得不几次谢幕。”首次朗诵此诗时，我和大为主任还不相识，后来他告诉我，当时他特别激动和骄傲，因为这位演员是我们矿团的。

有一次我在北京的文工团院里不慎崴了脚，一瘸一拐地到开滦参加演出，领导不放心，要我到开滦总医院去拍个片子，刚进医院大门，一位穿白大褂的帅哥叫我：“瞿团长，你怎么了？”我仔细一看，这不是开滦集团的男高音王海天吗？哇，太惊讶了！

在中国煤矿艺术节相聚

他笑着说："我的专业是外科大夫啊！"他陪我全程检查，果然有小骨骨折，医院为我打了石膏，还为我配了双拐。

开滦歌唱家王海天的音色极为漂亮，飘逸松弛，多次获奖，是每届"五一"音乐会的主力。一位专业的外科医生，却每年赴新加坡进行声乐讲学，在艺术领域也是"特别能战斗"啊！

我们文工团老中青三代演员经常到开滦参加活动，中央电视

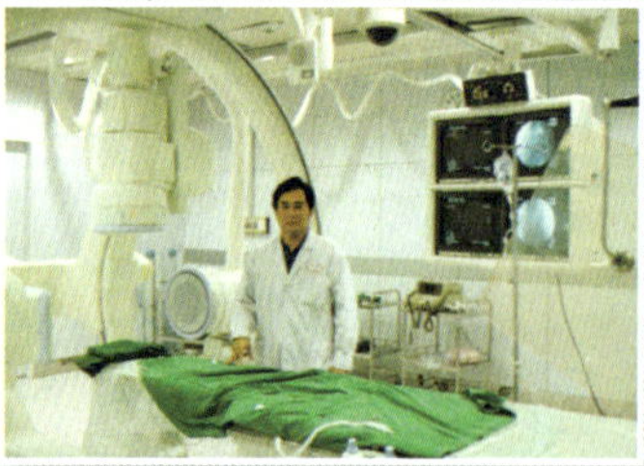

男高音王海天是开滦总医院的外科医生

与艺术家丁广泉、苗圃赴开滦矿区参加中央电视台《当代工人》节目

台《当代工人》节目组赴矿区拍摄，丁广泉、苗圃等老中青三代演员和煤矿工人打成一片，中央电视台主持人胜春说："你们团和开滦像一家人。"

说起"特别能战斗"，我不由得想起"二老"——两个以"老"字命名的产煤区，那就是大西北青海矿区的老爷山和东南广东矿区的老虎冲。这里的矿工是在艰苦条件下特别能战斗的煤矿工人。

中年以上的朋友一定会记得朱德同志的题词"青海是一个十分可爱的地方"。的确，除了举世闻名的三江源、青海湖、日月山之外，距西宁市约 40 千米的大通县境内，有被列为青海省九大风景之一的老爷山。它山势雄伟、风景秀丽，沧海桑田，构成了奇特险峻的地貌。青海可以说是我的第二故乡，在这篇散记里，我不想描绘老爷山的自然风貌，而是想告诉大家老爷山下有煤炭人的生产基地——青海大通矿务局。

在这里我认识了青海煤矿的领头人陈德明，他戴着眼镜，说起话来慢悠悠的，是青海普通话。我问他："1965 年我从中央戏剧学院毕业，分配到青海民族歌舞团工作，曾到大通煤矿演出，你知道吗？""知道，因为省里只有这一个专业歌舞团。"他告诉我："20 世纪 60 年代大通局有两个生产矿，你们去的是大通矿务局小煤洞矿，那时没有剧院是露天演出。"我笑着说："我在歌舞团还跳过藏族舞蹈《欢乐草原》。"他奇怪地看着我："就你这么大的肚子，跳舞？"我说："是蒙古族演员兰本教的，同台的演员还

与青海大通矿区领导陈德明、张生臣在矿区广场

重返青海，与青海省民族歌舞剧团、青海省话剧团老友团聚

在大通矿区街头品尝风味酸奶

有青海的舞蹈家齐美德、敖耀那批人呢！刚到青海工作时，我才二十岁出头，很苗条。”他笑着说：“不可能吧？”

青海的生活条件的确艰苦，地势高，空气稀薄，但煤矿工人特别能战斗。国家在不同时期想了许多办法支援青海，原北京鼓楼医院 20 世纪 70 年代迁至青海，分到大通县医院和玉树州医院。天下无巧不成书，真是缘分啊，鼓楼医院在北京恰巧是中央戏剧学院的合同医院，我的儿子、女儿20世纪60年代后期都出生在鼓楼医院呀！

陈德明局长告诉我，你调回北京后，又带中国煤矿文工团两次来青海，极大地鼓舞了青海的煤矿工人，大家把演出看作是党中央对矿工的关怀。特别是2006年6月那次，在职工文体中心，不仅是广场连西侧的平房顶上都站满了人！说这番话时，他心中充满了感激，也充满了激情，呈现出一种青海矿工乐观向上的

在青海矿区广场演出

拜见青海塔尔寺赛赤活佛

精神。

西北人真豪爽啊，德明局长安排我们参观塔尔寺，拜见赛赤活佛。他和矿区的张书记清早还陪我在马路边儿吃风味酸奶、特色小吃“狗浇尿”……让我这个老青海重温了故乡情。

老虎冲位于广东北部的曲仁矿务局，一座规模不大的煤矿叫茶山矿，它处于山脉雄奇、地貌壮美的自然山水中。1982 年中央电视台导演李晓兰拍摄艺术片《乌金花》就选择了老虎冲茶山矿

与歌唱家邓玉华一起抵达矿山

与歌唱家栾桂兰爬山赴广东茶山矿

茶山矿职工在煤山
四周观看演出

与艺术家刘祖发、王巧业
等涉水行路

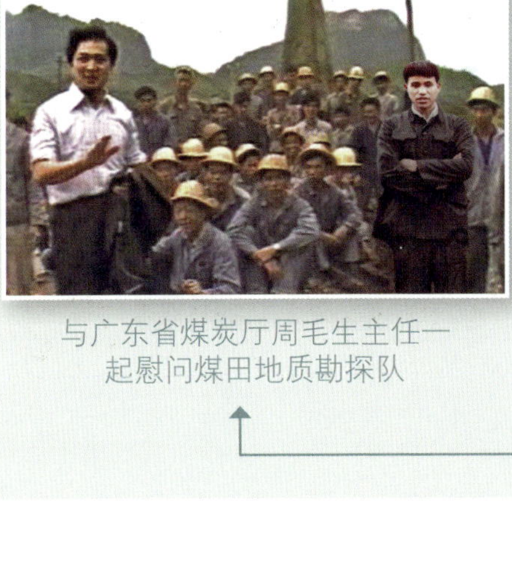

与广东省煤炭厅周毛生主任一
起慰问煤田地质勘探队

作为外景地之一。

老虎冲矿虽不像北方大型煤矿那样的高质高量，但在艰苦条件下，也为祖国奉献着光和热。

能接触到这里的矿工，真应感谢广东煤炭厅的周毛生同志，他热情地为李晓兰导演选景，翻山越岭、蹚水过溪地选取地点，还有传统的井架、简易的煤场、狭窄的桥梁……这部艺术片记录下了中国煤矿文工团深入基层、服务人民的真实过程，也是文艺工作者的实践写照。

采访矿工

周毛生是典型的广东人，瘦瘦的，中等个子，他的名字体现着时代的特点。他为人实在，在茶山矿当了七年煤矿工人，他不仅选择了富有特点的拍摄场景，还安排了演员与矿工在一起的机会，我们和矿工促膝交谈，我截取了蹲在地上手持话筒采访矿工的镜头。视频中蹲在山坡上与矿工一起鼓掌的镜头，那是在观看舞蹈《长大我也当矿工》时的笑容，我记得这位矿工对我说："这个节目有意思，社会上有些人看不起我们煤矿工人，其实我们家里的孩子都对煤矿有感情，全家人都爱煤矿，我儿子就说要接我的班儿，继续挖煤……"。

大台煤矿的年初一

1990 年 12 月，国内第一部室内连续剧《渴望》在电视台播出了，盛况空前！剧情贴近百姓生活，有强烈的吸引力。年轻漂亮的女工刘慧芳面对两个追求者迟疑不决：一个是车间副主任宋大成，另一个是来厂劳动的大学毕业生王沪生。前者有恩于她，后者身处困境需要帮助，这使她左右为难。收养的孩子加重了她生活的困难，但刘慧芳的顽强、善良终于战胜了一切。

五十集连续剧，每晚播出，真可谓“净街”啊！刘慧芳成了贤惠的代名词，扮演者我团演员张凯丽成了家喻户晓的明星。

煤炭工业部领导要求我们文工团与煤矿工人一起过春节，大年三十与矿工一起包饺子，春节期间必须在矿区演出。张凯丽、胡月等随团于 1991 年农历大年初一来到了北京矿务局大台煤矿。

与艺术家张凯丽、许文广一起在北京电视台接受采访

那真是像欢迎“女皇”一样，从停车点到休息处矿工和家属夹道欢迎。“慧芳来了”“你好慧芳”……喊声此起彼伏，凯丽不停地回应着，她似乎还不太适应当明星的感觉。几百米的路程，凯丽笑着告诉我：“手都握疼了，胳膊快抬不起来了！”是啊，当一个演员成功塑造了受百姓欢迎的人物形象时是多么幸福啊！

就在那一次，我结识了时任大台矿党委书记倪文驹，正是他的业绩增强了我献身煤炭文艺事业的决心和信心，也正是他让京西矿区成了文工团深入生活的基地和思想成长的摇篮。

与北京矿务局局长倪文驹
一起走向井口

与歌唱家胡月等在井下大巷

倪书记可不是人们想象中的矿工样子，他没有魁梧的身材，更没有宽阔的双肩，瘦弱的脸庞加上一副眼镜完全是知识分子。他从小喜爱科学，酷爱航空，对浩瀚的星空有极大的兴趣，但生活却让他成为一名“地下尖兵”“向地球开战的勇士”。“个人理想要服从祖国需要”这句话，在他身上有最好的体现。

大年初一的慰问演出在大台矿俱乐部举行，剧场不大已显破旧。倪书记告诉我：“在这里演出最多的是评剧，矿工和家属渴望看节目啊，今天夹道欢迎你们的，有的从门头沟矿、城子矿过来，有的从相邻的王平村矿、木城涧矿过来，还有从千军台赶来的呢！京西矿务局是咱们文工团的家，你们要多来，有什么需要帮助的，我们是后盾。”

我说：“电视台春节有晚会，七一、国庆、元旦也都有节庆的专题，咱们想办法，在五一劳动节期间，办个属于煤矿工人的栏目，我们合办，行吗？”他马上回答：“好想法，可以让全社会更

第十届“五一”音乐会在北京矿务局露天广场举行，中央电视台播出

第一届“五一”音乐会在北京音乐厅举办，中央电视台直播

了解煤矿工人。”

经过几轮策划，我们终于决定采取以音乐会的方式展示歌颂劳动者的歌曲、乐曲，取名“五一”音乐会。在中央电视台的支持下，1996 年第一届“五一”音乐会在北京音乐厅成功举办，中央电视台文艺部现场直播，时任中共中央总书记胡锦涛同志光临现场，发表了重要讲话：“文艺只有深深扎根于人民的沃土之中，只有同广大人民群众相结合，才有永恒的生命力，才能永葆青春”，并在当年 5 月 2 日的《人民日报》上刊登。

第一届“五一”音乐会是我们文工团与京西矿务局联合举办的，是京西矿工支援“五一”音乐会的第一笔资金，不仅如此，京西矿务局的民乐演奏员和独唱演员张建民还登台参加演出，受到时任国家领导人的亲切接见。

不只是举办“五一”音乐会的愿望最终得以实践。大台煤矿年初一的舞台上还有一个细节，我在主持时说了一句：“倪书记，这个俱乐部有点陈旧了，希望建个新的，让更多的矿工来到现场。”没想到，倪书记在观众席中站起来，不用话筒，大声许诺：“一定，一定！”

大台煤矿年初一那次相见，倪书记在送我们回京的时候，指着身后的煤仓、桥和沟说：“弦和，这个地点可以举办露天演出，平时沟里没有水，以桥为舞台，沟里摆上观众席。”我保存着一张照片，正是在这里演出的实况。

主持大台煤矿露天演出

在井下为“黑哥们儿”朗诵

在井下向煤矿工人请教

与词作家曹勇参加中央电视台《朋友》栏目录制

原创音乐舞蹈史诗《日出印象》中歌颂矿嫂的舞蹈

歌颂矿嫂的歌曲《风中的树》，舞蹈家赵凤霞、要红、刘杰等表演

倪局长没有食言，他升任北京矿务局局长后，不仅为大台矿也为京西各矿的文化设施付出了心血。在长沟峪矿、大安山矿、杨坨矿我都目睹了显著变化。让人眼前一亮的是木城涧矿工人俱乐部，它建在轮子坡上，我曾工作过的青海省话剧团晋京汇报演出，原文化部（今文旅部）恰好安排在这里。倪局长陪我沿台阶走向剧场。他说："有部电影叫《三十九级台阶》，你猜这个台阶是多少？""我数一下。""告诉你吧，360 级，到这儿晨练的人可

多了，哈哈，已经成为景点啦！”爬到最后一级，壮观的俱乐部就在眼前。

我们的创作人员经常来京西采风，体验生活。中国煤矿文工团词作家曹勇、白云海在创作大型音乐舞蹈史诗《日出印象》时，去采访京西矿区的棚户区，回来后按捺不住心头的激动：“太有触动了！”“住房条件差，矿嫂怕孩子吵，矿工休息不好，宁肯抱着孩子站到屋外，外面那么冷……”于是《风中的树》歌词写成了：“我骄傲，我是一棵树，一棵风情万种的相思树，风雨里，我是为你撑开的伞，冰雪里，我是给你烫酒的壶，一把青丝三千丈，

与艺术家杜宁林一起在北京电视台
讲述深入基层的体会

缠绵地通向井口的每一条小路。”

《日出印象》演出中有美声、民族、通俗三种唱法的表现，更有表现矿嫂的群舞，那场面感人肺腑。

中国煤矿文工团影视艺术家杜宁林在北京电视台的一档节目中回忆起在京西与大台煤矿相邻的王平村煤矿演出时格外激动：“剧场在火车停靠的材料场旁，火车一过来，剧场舞台就像地震一样。剧场后台没有厕所，女演员更衣室安排在值班大爷的小屋，穿着单薄的角色服装到剧场外的公共厕所实在是件难事，而且道挺远的。值班大爷拿来一个盆儿，说你们就在屋里方便，我去倒。多感人的事儿啊！”说不完的事儿，道不完的情。时至今日，每年的初一，我都和老朋友倪文驹通电话互致问候，回忆那一年的大台煤矿的事儿。

大台煤矿火车站已成为北京门头沟区旅游景点

人跟人不一样

“人跟人不一样”是生活中的口头语，我却把它定为一部话剧的剧名。

剧作者是冯俐，毕业于中央戏剧学院，她本人就与别的毕业生不一样，为什么？

我和夫人张筠英是中央戏剧学院表演系的毕业生，我担任中国煤矿文工团团长期间，每年都会接收艺术院校的应届毕业生，其中有戏剧学院、电影学院、音乐学院、舞蹈学院、广播学院以至全国各地的人才，对艺术院校可谓非常熟悉。

那一年，冯俐来团报到，她说：“我是中央戏剧学院戏剧文学系综合班的。”“综合？”“编剧、导演、舞美设计综合”，我愣了一下，记忆中没有此类形式的班啊？我自言自语地说：“那就是你

与作家冯俐在中国剧代会重逢

可以自编、自导、自设。”她笑眯眯地跟我开玩笑：“您的意思我还可以自演、自看。”一句话把我噎住了。

后来的事实证明，此人乃才女。不仅写出了电影《穿越时空的爱恋》、话剧《人跟人不一样》《好人丛飞》、电视剧《人情》、音乐剧《祝你平安》，她还是电视连续剧《我爱我家》的编剧之一，获得“飞天奖”“乌金奖”等奖项。超强的能力使其先后担任中国煤矿文工团团长助理、副团长，以至调至文化部（今文旅部）

系统的院团任书记、院长，成为名副其实的“导”——领导。

她跟别人不一样，创作领域广泛，我曾问她：“你出版的第一部作品是什么？”“短篇——《小路，在桃林深处……》”“题目还有省略号？”“那是写和小刚的初恋。”

哇，她的先生小刚是位画家，当然是位帅哥，不一样的是健硕的身材使人印象深刻，他曾在家中阳台上与我们挥手告别，其

我在煤矿历史题材话剧《特别记者》
中饰反一号肖云飞医生

挥手的姿态，颇有运动健将的感觉，从那时起，“三角肌”就成了他的代称，交谈中少不了一句：“问三角肌好”，冯俐又有不一样的回答：“好久不练，三角成几何了！”

1997 年，中国煤矿文工团建团 50 周年团庆，文工团要创作一部煤炭题材的话剧，这也是文工团的传统。曾上演过上百场的原创话剧《特别记者》就是其中之一，作者王会新是山东淄博人，他的弟弟王会民恰好是文工团行政办公室主任，他将此剧推荐并上演。

该剧描述了抗日战争最后阶段，日本侵略者为挽救失败的命运，推行“以战养战”“以人换煤”的掠夺计划。齐鲁煤炭公司总工程师金华为保护祖国的煤炭资源，准备将重要的南岭煤矿资料交给地下党。为了得到这些资料，日本侵略者、其他外来势力伸出了黑手，八路军某部赵科长与地下党八路军鲁城煤矿支队经过复杂艰难的战斗，取得了最后的胜利。

我在剧中扮演了反面一号人物——医生肖云飞。这部多幕话剧《特别记者》在北京民族文化宫等剧场演出，并在山东兖州兴隆矿等地巡演，受到欢迎和好评。

是复排此剧，还是拿出新作品？大家一致同意创作一部反映煤炭系统模范人物事迹的话剧，并把目标指向了不同于普通矿工的工程师——山东枣庄矿务局的苏德福。为什么选他？因为他跟别人不一样。

他家庭条件富裕，身居海外的父辈希望他继承家业、光宗耀祖，而苏德福却毫不动摇地献身煤炭事业，安心在山东枣庄山家林矿当一名普通的工程师。

要写好这样一位不一样的煤炭科技人才必须深入实地，了解原型人物，冯俐奔赴了煤矿第一线。苏德福没有做出惊天动地的

话剧《人跟人不一样》宣传册

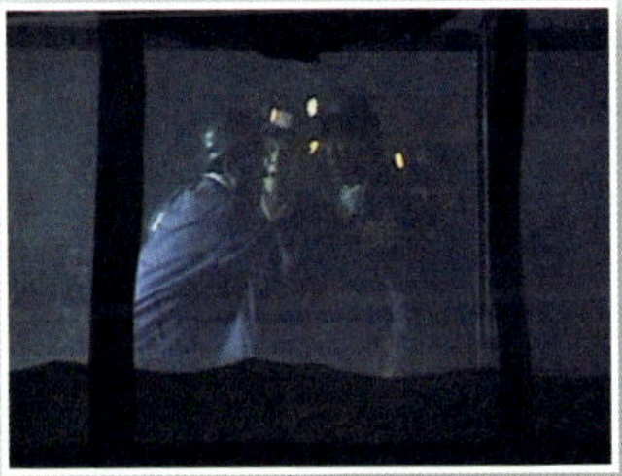

原创话剧《人跟人不一样》在首都剧场舞台上营造煤矿井下抢险场面

与话剧《人跟人不一样》人物原型煤炭劳模苏德福见面

事迹，他的伟大体现在日常生活的每一个细节之中，冯俐必须随着他的足迹去发现、去挖掘，这可不是件容易的事。

煤矿一般是不主张女人下井的，除“多出煤，出好煤”“抓革命，促生产”时期，女同志可以下井参加劳动之外，一般不主张、不支持，甚至不允许下井。冯俐不一样，她两赴山家林矿，一个多月的时间，二十余次下井，掌握了大量第一手材料。

以苏天林为主角的话剧《人跟人不一样》问世了，在北京首都剧场演出。业内人士说，你们团真跟人不一样，居然在舞台上做了一个近二十米长的大水箱来表现井下抢险的情景，那么高，那么宽，里面灌了那么多水，真不可思议！

这部戏在枣庄山家林矿演出了三场，引起矿工极大的反响。人物原型苏德福和夫人一起观看了首场演出，结束时上台与演职员合影时他对我说：“我做的，没有她写得好。”我说：“源于生活，高于生活呀！是你与别人不一样的人生选择，非常感人。”

人跟人不一样，苏德福所在的枣庄矿务局有着光荣的革命传统，但他们没有躺在原有的成绩上睡大觉，而是在改变矿工工作环境上做文章。在枣庄付村矿的顾金滕书记的陪同下我们下井了，社会上的人们很难想象怎么下井，不是罐笼、不是电车，而是猴杆儿，也称猴车！这是一座斜井，相隔不远的一根根立杆循环滑动，立杆下方，有一个自行车车座一样的托儿，人骑上去，手把住立杆，向下方滑去，500 米长度，这是“生态大巷”啊，两旁是绿色景物，有实物、有绘画，沿途看景，真有旅游的感觉，双向行驶的“猴杆”，可以使相遇的工人碰面打招呼，亲切感替代了演员们下井的紧张感。

没想到的是，500 米尽头迎来的不是煤矿的大巷，而是“温馨咖啡屋”，矿工在这里一改带饭、送饭、吃冷饭的班中餐，而

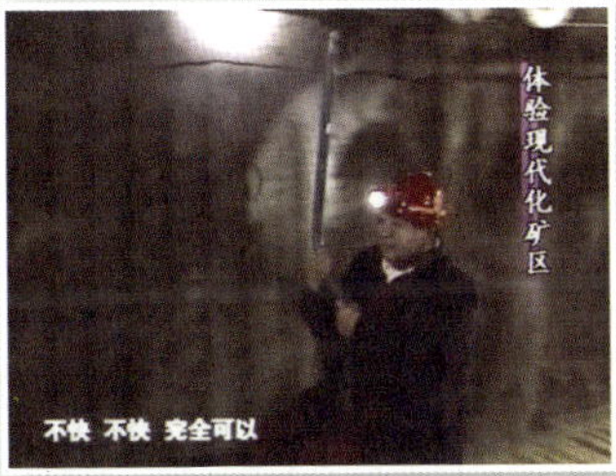

乘坐猴车经过 500 米
生态大巷

与山东枣庄付村矿顾金
滕书记一起下井

在井下“温馨咖啡屋”
慰问“黑哥们儿”

是热腾腾的、中西合璧的饭菜。“咖啡屋”桌椅的前方还有一小块儿空地，我让声乐演员、舞蹈演员表演了小节目，好亲切啊！

要说中国煤矿文工团的演员，也跟别人不一样，真是特别能吃苦。枣庄矿务局有一主力矿井——蒋庄矿。那一年春节期间天寒地冻！但为了让更多的矿工能看到演出，我建议把演出改在蒋庄矿的工业广场举行，演出从剧场搬到室外的消息一出，到场的矿工和家属真是人山人海啊！其他矿的职工也都赶到蒋庄，那天还刮着风，舞台上的横幅被吹得飘忽不定，观众穿着棉大衣还

数九寒天在广场演出

要把领子竖起来……节目没开始矿工们就欢呼起来，原来开场舞的男女演员们穿着单薄的服装在候场，他们双手抱着肩膀，服装没有袖子，真冷啊！矿工们激动地说：“这才是咱们自己的文工团！”

煤矿人情谊不一样，2016 年拍摄《世纪诗人——徐志摩》专

与张志康书记在霍州矿区庆典上合影

被霍州矿区授予“荣誉矿工”称号

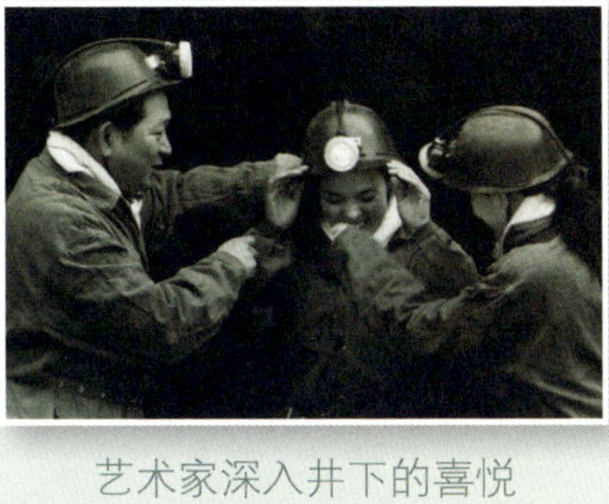

艺术家深入井下的喜悦

辑那时我已退休，拍摄内容又不是煤矿题材，但山东能源宿洪涛主席一如既往为摄制组安排了食、宿、行，提供了面包车。在山东台儿庄拍摄《世纪诗人——贺敬之》专辑外景，没想到听到消息的枣庄付村矿的顾书记打来电话："好久没见了，我们开车过去看你！""是顺路到这边开会吗？""不是，就是想你啦，专程见你！"近60千米的路程，见面拥抱、合影、说不完的话。

还有一次我参加山西省地方的演出活动，路上面包车抛锚了，既不在休息站，四周又看不到村镇，司机说从主办单位重新派车，恐怕要等很长时间。我问他，这儿离哪儿最近，他说霍州矿好像不远。我担心车上有年迈高龄的艺术家，毫不犹豫地打通了霍州矿务局张志康书记的电话，他说："瞿老师，别着急，马上来人。"张书记立即派车队陈春峰队长驾车赶来送我们。主办单位的司机奇怪地说："你跟煤矿这么铁？"我笑了："我也是'黑哥们儿'啊！"

特殊的基本功

中国煤矿文工团是综合性文工团，艺术品种齐全，声乐、舞蹈、话剧、音乐、曲艺、杂技、戏曲、魔术……各路人才会聚。

所有艺术家，不仅要掌握本专业的艺术基本功，还要有特殊的战斗力，那就是适应各类演出环境，面对各种观众群体，而且必须是多面手，一专多能。

在百里煤海，千里矿山，我们的舞台有露天广场或体育场的几千至上万人，有俱乐部或剧场的几百至上千人，有井口和矿灯房的几十至上百人，有井下大巷或掌子面的几个人，甚至是伤残矿工病房里的一个人……真诚、热情地表演是我们一贯的作风。

我特别珍藏着的演出现场的照片，许多都是摄影师哈斯其其格照的。她是一位蒙古族的歌唱演员，酷爱摄影，更爱煤矿工人，

在河北开滦矿区，管弦乐演奏及大合唱

在山西大同矿区，民乐合奏

她转为摄影专业后，常年随队深入矿区，在井口和井下拍摄了许多矿工的特写，拍摄了文艺工作者与矿工的友情，她出版的摄影集《乌金之光》受到了摄影家韦彰的高度评价：“这是特殊的基本功，更是对生活的提炼。”我选出她拍摄的两张有代表性的照片，可作为我们深入矿区大型演出的缩影。

演奏家郭一是我们这一代艺术家的代表，他可是为“黑哥们儿”服务的楷模，当得知全国劳动模范，被誉为“地球转一圈，他转一圈半”的侯占友住院时，郭一从北京赶到开滦看望他并在病床前为侯占友一个人演奏。

毛主席在延安文艺座谈会上的讲话中提出“洋为中用，古为今用”意义深远，这不仅是针对文艺创作的指导，更具有传承古代经典文化、普及世界优秀作品的含义。我一直在想：一方面，中国煤矿文工团应当向社会宣传“黑哥们儿”的生活、工作，展

与四川广旺矿区胡树明书记在一起

艺术家郭一在病房为劳动模范侯占友演奏

示他们对理想的追求；另一方面，也要让矿工们欣赏到平日里看不到或很难看到的艺术品种，让他们开阔眼界，提高审美能力，如世界戏剧名著、交响音乐、国际标准舞、各国的代表性风情舞蹈甚至芭蕾舞。

四川广旺矿务局的胡树明书记是一位喜爱文艺的基层领导，其女在四川省文联工作，一家人对艺术颇有兴趣，当我们赴广旺慰问时，胡书记都会提出有建设性的想法。

他在矿务局礼堂看到我们演出中有一个双人拉丁舞很受欢迎，他说："老瞿，这个节目明天到赵家坝矿也要演。""赵家坝不是井口演出吗？没有舞台啊！"他用四川方言说："跳一下嘛。"我没有马上表态。

第二天两位舞蹈家闫冬梅、杨国华来到现场，穿矿工服的煤矿工人已围在轨道旁，矿车里还有几个孩子，他们急切地盼望着演员们到来。冬梅悄悄对我说："是泥地耶，没在这种地上跳过拉丁啊。"我说："能不能简单展示一下？"男演员杨国华凑过来说："地方也不够呀，还有轨道呢！"我说了一句违反规律的话："临场适应，允许改动。"

音乐响起，两位舞者起舞，双脚必须随时躲避轨道，泥水浸湿了舞鞋……矿工们饶有兴致地观看，还喊出了"好！"，广旺《矿工报》记者拍下了精彩的一刻，命名为《矿车旁的拉丁》。

也许是老天考验我们，再次来到四川广旺慰问演出，又是雨

舞蹈家闫冬梅、杨国华在四川赵家坝矿轨道旁表演双人拉丁舞

季，这次要去唐家庄矿，树明书记说："最近有首歌《春天的芭蕾》好听啊！团里有花腔女高音吗？"似乎他提前打听到了似的。从意大利学成回国的女高音李亚此次正在队伍中。可难题又来了，这是个舞伴歌的节目——女子群舞加芭蕾独舞，跳芭蕾的是北京舞蹈学院刚毕业的姑娘孙梦婧。她一看是露天的水泥舞台还有积水，为难地表示：芭蕾舞鞋的鞋尖儿最怕被水泡。我让舞美队扫

芭蕾舞演员孙梦婧在水泥地上伴舞

除积水，又用干布擦拭了两遍……这次又上演了“水泥地的芭蕾”，哈哈，这都是特殊的基本功啊！

我在任期间，吸收了来自音乐学院、戏剧学院、电影学院、舞蹈学院、广播学院、艺术学院等专业艺术院校的毕业生。他（她）们是本专业的佼佼者，但从中国煤矿文工团为“黑哥们儿”服务的多样性出发，文工团的演员必须具备一专多能的基本功。学民族舞的要跳洋味的，学话剧的需参加集体舞，搞器乐的能唱，唱歌的能朗诵，有文学底子的还能参与创作。所以就有了舞蹈家朱良津编导的风靡一时的拉丁团体舞走进中南海向国家领导人汇报，就有了在中央电视台春节歌舞晚会上的《蓝色拉丁》，有了为“黑哥们儿”展示的法国康康、巴西桑巴、阿根廷探戈、美国牛仔……甚至还有马来西亚、哥伦比亚、德国、乌克兰等国的风情舞蹈。大型音乐舞蹈史诗《日出印象》《奥林匹克颂》《俄罗斯

舞蹈家段铁岭、杨嘉行、林微丽、姜华、肖芳等表演拉丁团体舞

舞蹈家董缓、张洋等表演《蓝色拉丁》

的伏特加》、话剧艺术家楚建创作的连演百场的小剧场话剧《我不离婚》更展示出演员们的综合实力。

我一直憧憬为矿工演出的艺术作品能富有黑颜色的内涵，我见到东方歌舞团舞蹈家王亚男，我说“燃烧自己照亮别人”的“黑哥们儿”精神能用西班牙舞蹈表现吗？她眼睛一亮，说了一句：“奇特的想法！”

很快，西班牙响板与弗拉明戈结合的舞蹈《激情红与黑》问

体现燃烧自己、照亮别人精神的舞蹈《激情红与黑》

以“黑哥们儿”命名的男声组合
（孔建中、秦毅、陈戈）

“黑哥们儿”组合在大型音乐舞蹈史诗《复兴之路》中演出

世了，演员们刻苦训练，初步掌握了响板和西班牙舞蹈要领，登上舞台后受到“黑哥们儿”热烈欢迎，久演不衰。

“黑哥们儿”是可爱的，更是伟大的！全国青年歌手大奖赛，我们组队参赛，美声、民族、通俗组都闯入决赛。以“黑哥们儿”命名的组合诞生了，它以淳朴、昂扬、热情的风格向歌坛展示了正能量和男子气，还被原文化部（今文旅部）《复兴之路》导演选中，担任了独立唱段。

我们这个团，所有演员都参与装卸车、装卸台，没有人袖手旁观，特别是到边远的矿区，老旧的舞台，这些地方没有一定的装卸方法，有的地方卸了车要把物品抬上山，有的台没有吊杆，没有副台……

在贵州林东矿区与工会主席彭锡九交流

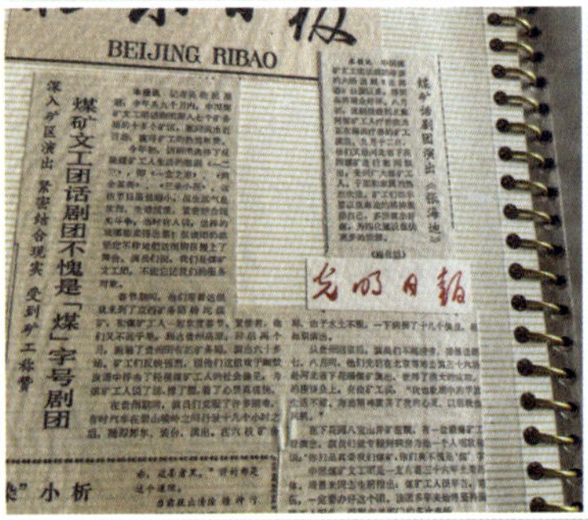

报刊刊登文工团深入基层的消息

在矿区剧场门前卸车

赴贵州林东矿务局桐梓煤矿是20世纪80年代初期，工会彭锡九主任在回忆中写道："瞿弦和，特别随和，没架子，矿工都爱他，到桐梓县小煤矿，他亲自和大家一起从车上搬道具扛箱子，演出时亲自报幕，不看文稿，能背出几十位观看演出的劳模及附近农村领导的名字，我太佩服了！卸台的时候，我发现他又在顶棚上……"

要说背词，那是话剧演员的基本功，要说扛箱子、上顶棚装

在老剧场顶棚装台

幕布，那可是“特殊的基本功”。大学时的形体课有基础是一方面，我妈妈是体育老师，我从小就受她的影响，什么项目都感兴趣，打球、跳绳、垫上运动等都会，虽然只拿过少年级跳高的名次，但身体的灵活性特别突出，所以在狭窄的舞台顶棚上能钻来钻去，敢走工字梁，会使用紧绳器调整幕布，从顶棚上下来，满身土，满脸灰，幕布组的伙伴演员马振铭说：“你这是在桐梓矿显童子功！”

为“黑哥们儿”表演歌舞《百万朵红玫瑰》

露天慰问“黑哥们儿”

在这个团当报幕员，还要随机应变，要和矿工打成一片，要把文学性强的报幕词改变成和矿工呼应、通俗易懂的词。我们排了一个特色的歌舞节目《百万朵红玫瑰》，它原是俄罗斯的一首爱情歌曲，表现一位画家对芭蕾舞演员的追求，他倾其所有买了无数朵红玫瑰送给她。舞蹈编导念云华让女演员分别用花束、花环、花篮的层次表现献花的情节，独唱演员曾静用汉、俄两种语言演唱，而芭蕾舞演员孙梦婧则在油画大框后造型，男演员邓永科扮演画家。当他以舞蹈语汇绘制芭蕾油画时，献花的舞蹈及演唱到达高潮，芭蕾舞演员从画框中走出起舞，最后和画家共舞。

这样一个异国风情的舞蹈，矿工们能看懂吗？我报幕时问：“一位画家爱上芭蕾舞演员，怎么表达啊？”“献花。”“一朵够吗？”“不够！”“几朵合适？”“越多越好。”然后我再介绍舞蹈的情节和特点。矿工们不仅看懂了，而且传得很快，下一个矿来接我们时会问：“那个舞蹈演吗？”

在露天广场演出时，报幕员还必须是安全宣传员，我们这个团还有“中国安全生产艺术团”的称号呢，不能在大型演出中出现拥挤、踩踏事故。广场四周的平房上往往都站满了人群，前面没有遮拦，稍不留意就会掉下来。我每次报幕都要提醒，也用矿工们在岗位上熟悉的安全用语，比如“安全为天”“平安是福”，有的改为“高高兴兴来看戏，平平安安回家去”……这还真起到了重要作用。

我们的演出有纯粹的歌舞、话剧，但更多时候是综艺晚会，因为基层职工观看演出的机会不多，他们希望晚会的节目种类丰富多彩，在这种时刻，我真要赞美多才多艺的演员。

我自己也经受过一次考验，歌舞团排练抗震舞蹈《领袖与矿工心连心》，编导郭培基安排我扮演进京参加会议的先进矿工代表，还要求我和舞蹈家李永光分别从舞台两侧平转至台中会合，李永光是专业舞蹈家，我是话剧演员，排练时他照顾我放慢了旋

话剧《好人丛飞》海报

与郭凯敏、丛飞在一起

转速度，而上了舞台他本能地恢复正常……我的动作引发了舞蹈演员开心的笑。幸好是欢乐的场景，这哄笑显得格外自然。

可能大家不会想到，长期与我合作的文工团的党委副书记徐瑞峰也有“跨界”之举。他是地地道道的“黑哥们儿”，从阜新矿院毕业后，奋战在井下第一线。他没有经过任何表演训练，但在文工团的总体氛围里也勇于穿上服装，在话剧中扮演群众角色。我还记得影视艺术家杜宁林救场如救火，居然在武汉公演歌舞晚会《俄罗斯的伏特加》时，临时顶替，载歌载舞完成了情景表演。

常有人问我：“你这个团长，管得住团里的大腕儿吗？他们参加团里演出吗？”我说：“我团的每一位大腕儿从未拒绝过完成团里的任务。”表演艺术家郭凯敏在电影《庐山恋》成名后，一直在社会上打拼，我邀他加盟了中国煤矿文工团。他几乎参与了话剧团所有的演出活动，2004 年，“好人丛飞”的事迹传遍大江南北，民政部和《中国社会报》特邀我团剧作家冯俐创作一部话剧，郭凯敏在剧中成功扮演了丛飞。首演那天，北京民族文化宫大剧院成为激情的海洋，在全场观众热烈的掌声中，郭凯敏与丛飞本人并肩出现在舞台上，扮演被救助的孩子们个个哭成泪人……时任中国文联党组书记的胡振民同志高度赞扬：为全社会树立了道德榜样。

在海外留学 19 年的男中音歌唱家孙禹是个出色的人才，出国前在歌剧《原野》中成功扮演了男主人公仇虎，在国际上又荣

霍州矿区授予歌唱家孙禹“荣誉矿工”称号

获了瓦格纳歌剧大赛的金奖，我像发现宝贝一样地把他吸收到团。他热情参加下矿演出，那次母亲病重，他没有请假，演出时得知母亲辞世，他未能看上一眼……当我向“黑哥们儿”介绍时，大家感动得热泪盈眶，霍州矿区领导授予他“荣誉矿工”称号。

靳东是中央戏剧学院毕业的，来团后在原创话剧《惊天雷》

我团艺术家靳东、陈倩倩合作音乐剧

我团艺术家罗晋在大型歌舞《百年辉煌》中演出

由中国音乐学院毕业生组成的“绿叶坊民乐组合”

由中央音乐学院毕业生组成的“新古典西乐组合”

毕业于专业艺术院校加盟中国煤矿文工团的声乐演员在矿井大巷表演女声小合唱

中成功塑造了延安时期毛泽东的形象，他的唱功特别好还与我团歌唱家陈倩倩合作过音乐剧《水果姑娘》。罗晋是北京电影学院毕业的，在《百年辉煌》的大型歌舞中担任群舞演员，认真出色地完成了任务。从中央音乐院、中国音乐院毕业的声乐、乐器演员，服从分配，合唱、对唱、独唱，合奏、独奏……愉快地工作着，他（她）们对我说："虽然演出费低，但业务从没停过，总有各种演出任务，而且都是为基层服务，看见'黑哥们儿'高兴，我们心里也很痛快！"

与文工团作曲家、老团长刘炽在一起

文工团在国家大剧院音乐厅举办第十四届"五一"音乐会。指挥家黄东宁执棒，演唱刘炽作品《祖国颂》、文工团作曲家成锡智作品《毛主席到咱矿山来》

质朴的煤矿人

“违章台”“光荣榜”用一块景片的正反面来表现……四位矿嫂、四位矿工先后出现……独舞、双人舞、群舞……好似一幅流动的山水画，故事情节又像是一本连环画。在甘肃靖远矿务局表演的舞蹈《温馨的歌》让观众眼前一亮。

我是煤矿艺术节展演的主持人，不禁在台侧问扮演矿嫂的主演：“节目单上看到你叫王芳？”“嗯。”“这名字让人想起电影《英雄儿女》。”“我爸爸总跟我讲这部片子。”“这舞是谁帮你们弄的？”“我们自己编自己排的。”“你？”“嗯，这是我们矿上的真事，上光荣榜的师傅以前在违章台上出现过。”“你是舞蹈专业的？”“我是工会的，谢谢老师的关心。”她质朴的回答，令我印象深刻。

甘肃靖远矿全国工会系统劳模王芳表演舞蹈《温馨的歌》

后来我才知道，王芳是全国工会系统劳动模范，她特别聪明，为宣传安全生产，编导了这个舞蹈。表现了一位装病的媳妇儿让违章的丈夫背着她到光荣榜前，感受家庭的温馨，最终这对夫妇的照片同时登上了光荣榜。

质朴的煤矿人在舞台展演中获奖的不止王芳一人，来自云南一平浪矿务局的李忠和与其他八位“黑哥们儿”也都榜上有名。他们表演的男子舞《山里的笑声》使社会舞蹈家组成的评委会为他们增添了“质朴分”。这些小伙子均来自井下生产第一线，没有经过任何专业训练。云南的一平浪矿又是难寻平地的山区，非常不容易！节目结束，我在舞台上当着全场观众采访李忠和，他竟不知说什么好，索性直白地说：“我们没见过这么亮的光，更没见过这么大的台（世纪剧院）。”笑声之后，被打动的观众们用热烈的掌声回应了他。

云南一平浪矿的“黑哥们儿”表演舞蹈《山里的笑声》

云南矿区的原煤产量不高，与北方的大煤矿相比，可能全局的产量还不如人家一个井口多，作业环境更艰苦。我们曾多次赴云南曲靖、东源、草场、后所、一平浪、小龙潭……质朴的煤矿人都是发自内心地夹道欢送，真诚地希望我们常来。

煤矿行业的领头人胡富国部长的直爽、质朴是世人皆知的。

赴西北矿区向“黑哥们儿”宣传《拥抱平安》

他不止一次地公开表示社会上有两种职业受人歧视：一个俗称“煤黑子”，另一个旧称“戏子”，而我就是“要为这两种职业叫好儿”。他不会唱戏，却总要在民俗的戏台上化妆唱几句。为打通矿山的道路，他就职山西省省长时提出了“要想富，先修路”的口号，他平易近人，和我们始终保持着朋友般的联系。

煤炭行业的领头人胡富国部长赠书

煤矿人不会虚头巴脑地应允什么事，但你不经意说的小事儿，他们却会记在心里。河南平顶山矿务局是个老牌、大牌集团。工会采东宾主席领导下的矿务局文工团却是个品种齐全的大团，其中不仅有歌舞团，还有话剧团、豫剧团、曲艺团。他们的小品参加过全国大赛，中国的曲艺节曾在平顶山举办。豫剧的老生演员郭志诚，因人才难得，被省豫剧团吸收，而两位拉丁舞演员周易波、张平生则荣获中国第十三届国标舞锦标赛拉丁舞职业组的亚军……采主席真是强将手下无弱兵呀！

一次聊天时，他听别人说“老瞿有个爱好，收藏铃铛，世界各地的，各种质地的……”，他没插嘴，却悄悄地到河南玉石的产地南阳去了一趟，找到一位玉石雕刻的民间老艺人，说要打造一个南阳玉的铃铛，而且吊坠不能粘上去，而要从整石中雕出来，能晃动……当他把成品交给我时，我惊讶得不知说啥好，我叮嘱他，一定要问清老人的名字，出版《铃铛》画册时我要写上一句。遗憾的是，等采主席再去问时，老工匠已去世了。

河南平顶山煤矿文工团的男主持张英举是个大帅哥，身高一米八二，总爱穿一套红色西服，两只大眼睛闪闪发光，主持时声音洪亮，颇爱朗诵。他没有事先告诉我，却在回老家时，特意去观看集市上的斗牛比赛，因为他知道，得冠军的牛它的主人会被奖励一个在把上绑满红绳的铃铛，这可是有民间习俗的纪念品啊，他从牛主人那里买回了“牛王铃”送给了我，我放进铃铛柜里醒目的地方。去年英举突患重病，虽全力抢救活了过来，但已失去参加演出的能力，我打电话慰问他，他却说：“有机会，我再去给你收集铃铛。”

舞蹈家李阁琪是平顶山煤矿文工团团长，她是个办实事的人，我退休后的一天早上，她来电邀我重返平顶山参加局庆演出，我

河南民间斗牛“牛王铃”

整料雕琢的南阳玉铃铛

愉快地答应她并说："年事已高，不用提前去录音，你把词儿给我，我在自己的工作室事先录好发给你，你们可以先排练。"

晚饭后，我到工作室准备录音，突然有人敲门，"哇，阁琪团长！"她竟赶到了北京，她说："这次朗诵与舞蹈演员配合，有些地方节奏要特别处理，当面商量更好。"说完她就坐高铁赶回去了，那边还加班排练呢！因准备工作细致，到达平煤体育馆后，我成功地与平煤文工团配合演出了《平煤颂歌》。

与平顶山煤矿文工团"黑哥们儿"演出《平煤颂歌》

河南平顶山煤矿文工团团长李阁琪到北京工作室研究舞蹈与诗的配合

甘肃靖远煤业王芳（上排左）　山西潞安煤业商贵（上排中）
重庆煤业杨镜璞（上排右）　山东兖州煤业李玲（中排左）
河北峰峰煤业郭志武（中排中）　云南东源煤化周建辉（中排右）
河南义马煤业戴兴志、平顶山煤业王津、郑州煤业王志岭（下排）

与福建龙岩何贤镇主任等煤炭职工合影（上排左） 在海南海口慰问有色金属企业职工，参加 20 周年庆典（上排中） 赴吉林通化矿务局途中与司机杨柳合照（上排右） 文工团与湖南娄底、涟邵等处的矿务局是老朋友，图为与湖南长岭炼油厂鲍厂长游览美景（中左） 贵州六枝矿务局朱书记与文工团演职员参观苗寨（中排中） 与浙江长广煤矿企业家胡江潮相聚（中排右） 慰问新疆乌鲁木齐矿务局演出在新疆维吾尔自治区人民大会堂举行，与自治区煤矿工业管理局党组书记杜鲁坤·托乎提和艺术家马晓光在大会堂广场（下排左） 赴湖北黄石矿务局后，在武汉大学拍摄《世纪诗人——闻一多》专辑，与团委书记陈晓玥、艺术家张光北、张山等在大学校园（下排右）

什么是质朴？我觉得质朴就是自然真诚。对人不藏、不掖着，能帮肯定帮，相聚时不见得大吃大喝，哪怕是聊几句心里话，问候一下都好。

退休近十年了，每逢过年，三十多家矿区的朋友都发来问候，大同晋珊元、开滦李大为、郑州王志岭、晋城刘进京、大屯樊福秀、乐平袁丽春、平朔魏向东、阳泉孟俊国、重庆杨镜璞、广旺胡树明、鸡西孟凡平、双鸭山于耀森、平顶山采东宾、萍乡曾建、

与黑龙江双鸭山矿区于耀森书记在台侧合影

在双鸭山矿工 2 千米长的夹道欢迎（上）
与艺术家杜宁林、何音主持（下）

兖州李玲、枣庄顾金滕、淮南周玉鸿、靖远王芳、京西倪文驹等从未间断。发来的不只是新春的祝福，集中的一句话就是：“全国煤矿职工不会忘记你，你离我们很远，但对我们很近。”激动之余，脑海里浮现出一个个熟悉的身影。

在黑龙江双鸭山矿务局我认识了身为书记的好友于耀森。2007年6月，我们在双鸭山万人体育场一起完成了集团60周年庆典演出，那时我们都在各自单位的领导岗位上，合作是自然的事。几年后，我们相继退休。退休后的我，多次赴黑龙江、吉林等地演出，每次他都赶到现场看望我。我热衷于收藏，除铃铛外还收藏全国各大煤矿的煤块，每地的煤块，存放在一个瓶里，贴上矿区的标签，乌黑的煤象征着我们文工团的足迹，更饱含着煤矿人的友情。有一天，我突然发现，黑龙江的煤块只有鸡西的，双鸭山、鹤岗、七台河的还没有，我试着给于耀森书记去电，他很快就用快递寄来了鹤岗的四块儿煤并委托七台河的王立军书记直接用邮包寄来一块儿七台河的，更使我惊喜的是他让双鸭山矿务局东荣二矿党委书记付玉坤到井下取掌子面的煤块儿，付玉坤还手托刚刚升井的煤块在楼前照了一张相。这真是煤矿人的亲情啊！我亲手把煤放进瓶里，装进箱中，质朴的煤矿情涌满胸怀。

我的思绪从产煤大省黑龙江又飞到祖国的边陲广西，广西的煤炭产地分布很广。我们曾到广西的右江、合山、红茂、东罗、百色矿务局慰问演出，结识了许多质朴的煤矿人。

收藏的全国各省市自治区60座煤矿的煤块，其中还有来自中国宝岛台湾煤矿的煤块

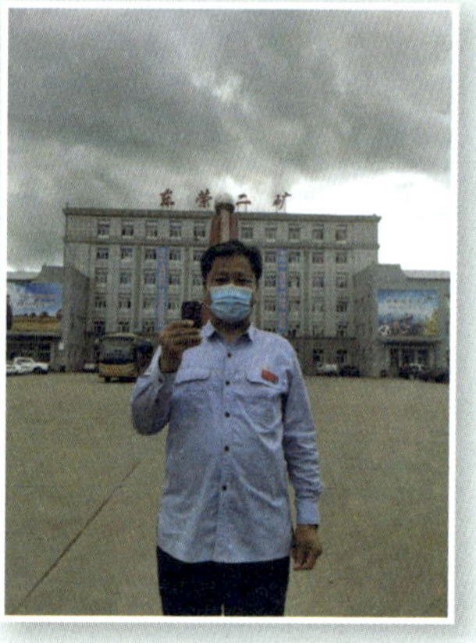

东荣矿付玉坤书记亲自从井下掌子面带到地面的煤块

那一年百色矿务局东怀煤矿启动了“煤矿综合机械化采煤”项目，大大提高了原煤产量。当年被评为“全国煤矿先进集体”受到表彰，我们赶到广西举行庆贺演出。

开演前舞台监督告诉我：“有一位您的老朋友来看您。”我愣

配合演奏家张永智，用雷琴模仿人声向“黑哥们儿”问好

住了：“谁啊，文艺界的不会从南宁赶到这里，我在这儿也没有亲戚啊？”正奇怪着，一位中等身材的师傅走进后台，不可能啊，这是河北开滦的朋友啊！“您怎么在广西呀？”他是河北开滦矿务局的赵景连师傅，曾陪我在开滦唐山矿十道巷下过井。这次是作为综采专家被派来现场指导，手把手教东怀矿综采队采煤，这是一次意外的重逢，时任局长的叶仿佣让摄影师拍下赵景连师傅

在安徽淮北矿区老年大学又见张清华主席

在广西东怀矿巧遇河北开滦矿老友赵景连

和我，还有和百色矿务局的全国劳动模范颜延东交谈的情景。他兴奋地说：“姓煤的，到哪儿都是一家人。”

淮北矿务局张清华主席与我同年同月同日生，真是缘分啊，我们下矿期间，他与我形影不离，早上还陪我爬山锻炼。有一天他问我：“如果退下来，你有什么打算？”我没有思想准备，随口说了一句：“再说吧。”没想到再次见到他时，他竟然在矿区老年大学的校长办公室接待我。我感慨地说："你真是退而不休啊。"他没有回答我，而是兴致勃勃地向我介绍老年大学的设置，太丰富了：书法、篆刻、国画、山水画、花鸟画、工笔画、油画、素描，有英语、文艺、中医、摄影、电脑基础，甚至还有视频制作，智能手机应用等课程。这都是老年人喜爱和感兴趣的门类啊！

他丝毫没有炫耀自己，我从墙壁上挂着的奖状上知晓了他的成绩："全国先进老年大学""全国老年大学示范校""全国先进老年教育工作者"。

大学由当初的几百人，发展到3000多人，他质朴地告诉我，老年教育问题是国家层面的问题，我就是做些具体的小事。

我退休后也在发挥余热，每当感到疲倦或遇到困难时，都会以他为榜样，坚持下去。

阳泉矿务局的纪检书记孟俊国是"黑哥们儿"另一类型的代表，他是用组织演出的方式宣传党的廉政建设。

孟书记个子不高，两只眼睛炯炯有神，仿佛能敏锐地观察人和事。一位纪检书记直接找我，表示要搞演出，真的有些意外。他告诉我都是煤矿职工自己演出，有歌有舞、有小品、有朗诵还有音乐快板音舞诗画……晚会就叫《廉洁之韵》，节目名称有《廉洁颂》《廉之韵》《制度建设促发展》《公仆赞》等，紧扣主题。孟书记还特邀我去朗诵《敬畏权力》一诗。演出后他告诉我演出剧场属三矿，承办是五矿，来的观众都是咱们"黑哥们儿"。因

山西阳泉矿区纪检书记孟俊国倡导的廉政演出

中国煤矿文工团不仅在陕西韩城、铜川、榆林等矿区留下足迹，还赴革命圣地延安慰问，艺术家何恺鹏、白蓓蓓、张筠英表演情景剧《夏明翰烈士家书》，刘纪宏导演

黑哥们儿最懂得感恩，煤炭部机关党委纪洪德带领文工团艺术家向参加救援的北海舰队致谢

节目表现的是老百姓所关心的，不是口号式的说教，所以大家自始至终都在认真观看。

平朔露天安太堡煤矿的魏向东主席，性格爽朗，长得酷像歌唱家李双江，甚至我把合影照片拿给双江老师本人看，他都惊讶："这也太像了，哪天认识一下。"魏主席组织我们到矿区给职工拜年，大家喜笑颜开。

在平朔晚场演出前，他领我去拜谒煤炭部老部长高扬文的骨

在平朔露天安太堡煤矿向"黑哥们儿"拜年

煤炭行业的领头人高扬文部长为访美的文工团演员送行

与平朔矿区魏向东主席在开采现场

灰存放处。它不在特殊的公墓，而在矿区内的一座小山上，简朴得像一位普通矿工墓地，这是高部长的遗嘱：“把我葬在矿山，死后也要看着煤炭事业的发展。”我是高部长当年会见美国西方石油公司总裁哈默先生的参与者，亲眼看到老部长为煤炭事业发展呕心沥血地工作，他创建了中国煤矿文艺基金会并率先提出“提高煤矿工人的社会地位，改变煤矿工人的社会形象”的要求，也正是在他的领导下，我就任了中国煤矿文工团团长，他亲笔签字的任命书我至今还珍藏着，我们爱戴他，怀念他。魏主席带了瓶茅台酒，按民俗敬天、敬地、敬人，我向高部长的陵墓深深鞠躬，说了声：“高部长，我是弦和，我来看您了！”眼泪不禁夺眶而出，魏主席是高级摄影师，此时却忘记了拍照，也在不停地擦拭泪水，这是煤矿人的真情流露啊！献花之后，我们下山，他引领我去安太堡露天煤矿的开采现场，总经理刘泽民早已在现场等着我，他让我登上最大最高的载重车，一览这座世界上最大的露天矿。自豪啊，这是一名煤矿文艺工作者的骄傲。魏主席拿起相机说：“来吧，这载重车可负载300吨，轮胎直径3.8米，比两个人都高，刘总，你给我俩照一张‘艺术家和煤矿人’。”

见到百岁老人的那一刻

这是煤炭工业部的一场特殊活动，我带队前去参加演出。会场没有舞台，只在与会人员前方留出了有限的空间作为表演区，灯光师王子刚装了六个流动灯，我说：“人家叫你王老六，你还真装了六个灯！”他笑了：“负荷有限，人家不让加灯！”

煤炭部领导、各司局长、科研人员均已到场，大家似乎都在等着一位特殊人物的光临。我作为演出的主持人，也随时注视着机关党委书记的“开始”手势……一辆轮椅推进了大厅，包括部领导在内的人们纷纷起立，像夹道欢迎似的，簇拥着轮椅上的老人缓缓向前走来接受鲜花、握手……老人不停地向大家打招呼。

演出延后。我端详着轮椅上的孙越崎老人：他微笑着，精神很好，近百岁的高龄，额顶还依稀可见银白色的发根。我以前从

工矿泰斗、百岁老人孙越崎

资料中看到过孙老穿着西服的青年照，一表人才，英姿勃发。

孙越崎老人是著名的爱国主义者、实业家、社会活动家，他是中国共产党的诤友，为煤炭、石油事业的开发建设做出了卓越的贡献。大家称他是现代能源工业的创办人、奠基人，是“工矿泰斗”，人们见到他都肃然起敬。

我的思绪飞到了孙越崎老人创办的威远煤矿。1940 年中华人民共和国成立之前，孙老任总经理的威远煤矿在四川黄荆沟建成，在抗日烽火中做出了重要贡献，1958 年转为国营。

孙越崎老人创办的威远煤矿

20世纪80年代，我随文工团摄制组到过威远，威远那古老的建筑，奇特的地形，使人感到格外新鲜。安全系列片《警钟长鸣》在这里拍摄。文工团导演高宗正任导演，他毕业于北京艺术学院，他是优秀的艺术家，我们多年同台，他的儿子当年还在话剧《艳阳天》中扮演我（肖长春）儿子，高宗正本人却更多扮演反面角色，如《枫树湾》中的甲正、《枫叶红了的时候》中的陆峥嵘……在舞台实践的同时，他刻苦学习，率先跨入影视领域，是文工团最早涉足电视拍摄的代表人物，他举办过煤矿电视知识竞赛并紧紧抓住煤矿生产的关键点——安全生产。

我曾问他："你为啥到威远拍？""那里的家属很厉害，从事故的教训中，把安全警示搬到了井口并现身说法做宣传。""威远是有名的老矿，自然环境不一样，有更多可选择的拍摄背景。"他和文工团的王冠儒、张国臣自创脚本，在《警钟长鸣》系列片中威远煤矿是单独一集，我存有一张珍贵的照片，高、王二人在矿工家中采访，他们不回避矛盾，直面采访在安全事故中伤亡职工的家属，家属们真实的语言像声声警钟敲响在一线矿工的心中。

在威远煤矿会议室中主持安全讲座

文工团艺术家高宗正、王冠儒拍摄煤矿安全系列片《警钟长鸣》，采访伤亡职工家属

照片中的高、王二人表情凝重，思切之感凝于眉眼之间。

我则在威远煤矿的会议室中，主持了安全宣传的小型演出，照片记录下简朴的会场，初级的摄像机……它好似记录着煤矿电视人为煤矿安全生产所做的长期努力。

生活是文艺创作的源泉，文艺工作者在深入生活的过程中会不断积累素材，并会在其创作中体现和展示。

其时，许多矿区的广场上都有反映矿工精神面貌的雕塑。威远煤矿也有矿工推车向前的雕塑，其成为深山里闪光的记忆。而

威远煤矿广场矿工推车向前的雕塑

在我团创作演出的大型音乐舞蹈史诗《日出印象》的舞蹈场面中，在情景朗诵《抗震英雄》时歌舞团副团长舞蹈家杨运森和话剧演员一起都再现过这种煤车，重现了这一劳动场景。

望着百岁老人孙越崎，我的思绪中又跳出“生活”两字，一百年，一个世纪，老人依然笑容可掬，他是多么热爱生活！他

文工团话剧演员在朗诵《抗震英雄》时，展示奋力推车的造型

文工团原创音乐舞蹈史诗《日出印象》中，舞蹈家杨运森等再现推车情景

满怀科技兴国的理想，建成了这座低硫、低磷、低灰的优质煤矿。在百里矿山、千里煤海，我们的煤矿人正是像孙老一样，愉快面对生活，不论周围的环境怎样，不停地为生活歌唱，这正是整个行业的缩影。我们这个工人文工团在创作、排演过程中，从未忘记深入生活、扎根人民，接地气是文艺工作者的必要的过程。

1974 年，中国煤矿文工团歌舞团赴化工企业慰问演出

1979 年，中国煤矿文工团话剧演员为排练《江南一叶》赴皖南体验生活

与辽宁铁法矿区董事长张明元在中央电视台《激情广场》栏目中演出

中国煤矿文工团歌唱家罗宁娜为“黑哥们儿”演唱

辽宁铁法矿务局局长张明元全力支持中国煤矿文工团并高度重视矿区业余文化活动的开展，歌咏活动极为活跃。中央电视台《激情广场》栏目在铁法体育馆拍摄时，看到中国煤矿文工团歌唱家罗宁娜坐在看台上“黑哥们儿”中间演唱，他特别高兴。我作为主持人问他：矿工配合得怎么样？明元董事长站起来大声说：

铁法矿区工会兰士鑫主席指挥矿工合唱团屡创佳绩

与铁法矿区葛春谟书记在井下慰问

还不够！激情广场，就是“黑哥们儿”的激情，一定要唱出铁法的精神！在场的职工顿时欢呼起来，真是震耳欲聋啊！中央电视台主持人刘璐说：“董事长就像挥舞着指挥棒，全场发出了最强音。”工会佟斌主席不仅爱踢足球，还有一副好嗓子，他身体力行，踊跃参加合唱活动，退休后一直和我保持联系，本相约在海南度

向四川松藻矿区易继才主席献花

假时团聚，没料到，因病辞世，成为终身遗憾。工会的领导赵希一、葛春谟经常陪我们下井。工会的兰士鑫主席还是一位出色的合唱指挥，他指挥的矿区合唱团曾多次在比赛中获奖。

我敬佩这些煤矿的工会干部，他们是“黑哥们儿”的贴心人，我在演出中经常把矿工送给演员的鲜花当场转送给在场的工会干部，表达对他们的感激。

2019 年 11 月我赴昆明，与云南卫视女主持张齐一起主持第二十届全国老年合唱节，在台上与台下观众互动时，我发现观众席第一排的右侧，有一张熟悉的面孔——那不是江西乐平矿务局的工会主席袁丽春吗？那些年，我们赴江西的萍乡、丰城、乐平、英岗岭、花鼓山等慰问演出，她热情豪爽的性格使人难忘，今天她怎么会在这里？

江西乐平矿区袁丽春主席率团
参加全国老年合唱节

演出结束语刚说完，袁主席就带着江西老年合唱团冲上舞台，大声欢笑着与我合影，她告诉我，退休后依旧参加文艺活动，引吭高歌新时代。这次她们是代表江西来参加全国老年合唱节的，她们高兴得像一群小姑娘。

回到宾馆，在手机上又收到一条信息：“散场后集体上车回宾馆，当时真想到台上去找您，瞿团长，在现场见到您备感亲切，

中国煤矿文工团歌唱家曾静与文新主席演唱《夫妻双双把家还》

与宁夏煤业文新主席在白芨沟煤矿合影

熟悉的声音，三句话离不开咱煤矿工人，令人感动！我是参加宁夏老年合唱节演出昨天飞过来的。”啊！这是宁夏煤业的文新主席，一位出色的男高音，我们去宁夏石嘴山、石炭井、白芨沟煤矿和化工基地，他还登台与我团歌唱家曾静合作，演唱《夫妻双双把家还》呢！

还有江苏大屯煤电的樊福秀，从中国煤矿文工团董事会成立时起，她就是联络员，十几年联络着文艺工作者和基层煤矿职工的感情。退休后她依然饱含对生活的热爱，参加退休人员排练的独唱、对唱、小合唱和大合唱，她特意发来历史照片和珍贵的合影。

煤矿人爱好文艺，几乎各大矿区都有自己的文艺队伍。在历

江苏大屯煤电樊福秀主席保留的中国煤矿文工团深入矿区的照片

届中国煤矿艺术节、历届“五一”音乐会中都有出色的表现。山西晋城的民乐演奏家王全惠就像自己名字的谐音一样，中西乐器都能掌握，在他任工会领导期间组织了“蓝焰文工团”，我把他们推荐给中国文联外联部，他们圆满完成出访西班牙的任务，他激动地告诉我：“2004 年我们去西班牙，机会就是您给提供的，

与王全惠和主持人鞠萍合影

在“五一”音乐会上王全惠、吕治平与指挥家任惠杰合影

向王全惠赠送影集

三十一天，共演了十七场，观众反响非常好。您对晋城矿务局文艺工作的关心和支持，我们永远忘不了。”

百岁老人孙越崎真是我人生的榜样，他跨越了不同的时代。我担任团长职务，恰逢改革开放期间，上级单位根据需要，光名称就变动了多次：煤炭部、燃化部、统配煤矿总公司、安全生产监督管理总局……我们的服务对象也从煤炭、石油、电力、化工，后来又扩大增加了铝业和黄金。河南神火的孙公平、山东招金的路东尚等都成了我的“银哥们儿”“金哥们儿”，行业的形象颜色虽不同，但他们的心灵依然纯洁，品格同样高尚，是我的好朋友。

孙公平性格活跃、对工作高度热情，给我的印象是他从不觉得累，他们的经营理念十分超前，位于河南永城的神火集团被称为“一基两翼双轮驱动”的企业，既保持着原煤和电力生产，又

与铝业朋友孙公平合影

与金矿好友路东尚合影

有着电解铝的强大实力。孙主席与我始终保持着联系，近期还发来信息："当前疫情仍然严重，请您二老做好防护。我们现在发展挺好，在新疆和云南都建有铝厂，效益不错。"他对企业的发展充满了信心！

山东招金的路东尚路总，性格豪爽，总愿为文工团艺术家提

向山西晋中矿区获奖作家刘进京祝贺

供各种演出机会，我们参加山东省其他演出时，只要距离不远，他在电话里都会笑着说：“哈哈，顺路过来加一场呗，金矿职工热烈欢迎啊！”他对我们老两口非常尊重，只要路过北京都会来看望我们。

许多人可能不知道，煤炭行业还有出色的作家：家喻户晓的歌曲《年轻的朋友来相会》，词作者就是中国作家协会会员、山西大同矿区的张枚同老师；在省市比赛中多次获创作奖的是山西省晋中矿区的青年人刘进京；而中央文献出版社出版的《毛泽东之歌》，作者是河南义马矿区的诗人卢宗伟，我和夫人张筠英均为他的诗作录过音。

矿区的夜晚是美丽的，天上的星星亮晶晶的，像一盏盏矿灯，有一首女中音独唱歌曲《黑溜溜的大眼睛》展示了矿工的可爱，歌词中写道：“……那黑溜溜的大眼睛，羞得我个满脸红。”我团歌唱家林梓、曾静先后把这首歌唱遍了大江南北的矿区，矿工们特别爱听，林梓把这首歌当成她的代表作，甚至后来把自己称为“黑妮儿大妈”。

矿区的夜晚是美丽的，山区的煤矿每逢傍晚，喜爱唱歌的青年矿工往往会怀抱吉他，在露天演唱。文工团的词作家白云海已于 2019 年去世，但他的多部作品给煤矿工人留下了美好的回忆，写下了歌词《矿山没有夜晚》，词中将煤矿工人“珍惜月亮，拥抱太阳”的心态表现得格外真实。“沸腾的矿山没有夜晚，只有

煤炭战线的词作家、
歌曲《年轻的朋友来
相会》词作者张枚同

中国煤矿文工团歌唱家林梓演唱歌
颂矿工的歌曲《黑溜溜的大眼睛》

河南义马矿工诗人、长诗
《毛泽东之歌》作者卢宗伟

中国煤矿文工团歌唱家曾静演唱
《黑溜溜的大眼睛》

艺术家张筠英为卢宗伟诗作录音

与辽宁铁法大兴矿灯房女工合影

太阳和太阳交接班，沸腾的矿山没有夜晚，只有星星和星星亲切交谈。我就是太阳，我就是星星，把这份光这份热洒向人间，我就是太阳，我就是星星，把这点情这点爱温暖人间。”作曲家刘琦用流行歌的旋律谱曲，文工团歌唱家黄鹤翔身着矿工服，在青

中国煤矿文工团歌唱家黄鹤翔在舞台上演唱《矿山没有夜晚》

歌曲《矿山没有夜晚》的词作者、中国煤矿文工团词作家白云海

中国煤矿文工团歌唱家黄鹤翔在奥地利金色大厅演出

年矿工的陪伴下，怀抱吉他在舞台上表演，成了演出的保留节目。

黄鹤翔有一张生动的娃娃脸，一曲《九妹》让大家熟悉了他，他告诉我：“我特别喜欢这首歌，我家乡在河南平顶山，我在煤城长大，这叫‘矿山的孩子，唱矿山的歌’！”

一首唱不完的歌

有人说，人生就像一首歌。的确，它会有变化的旋律、有分段的歌词，但是不会离开一个主题，那就是你人生的追求。我自己感觉，仿佛我的人生之歌与煤炭有缘。

不信吗？也许是巧合。上大学的时候，我就以工作队员的身份赴阳泉一矿下井参观学习，在昔阳县李家庄公社王家山大队搞社会主义教育运动，每天早上都要到几里之外的小煤窑挑煤烧炕，虽然不沉，可眼瞅着前后两筐黑色的煤一颤一颤的，就觉得煤是那样可爱，那样不可缺失。

大学毕业分配到青海省民族歌舞团当演员，第一场下基层慰问就是在青海大通煤矿的小煤洞露天广场。调回北京，加盟的是中国煤矿文工团，踏遍了百里矿山、千里煤海，为煤矿工人服务了大半辈子。退休之后参加的公益活动，仍与矿区有关，还专程赴中国矿业大学参加校庆，朗诵了《煤啊，我的情人我的黑姑娘》。似乎“煤”这个字已和我融为一体。

老天的安排也很有趣，夫人安排全家出国旅游，我和家人去了南非。没想到旅游团下飞机后，在去宾馆之前安排了第一个项目——参观金矿。

在南非金矿矿车前留影

金矿广场上，矿工乐团奏起了迎宾曲，夫人调侃我：“又下矿啦？”我却不以为意，径直地跑到矿车雕塑前说：“先给我照张相。”夫人说：“你真着迷了，出发前一天，你刚从矿上回来呀！”

紧接着，我习惯性地、热情地帮大家戴上参观时用的矿工帽和矿灯。有人不愿戴，觉得影响形象，我告诉他们下井戴上才能保安全，还带头做了示范。大家问导游，下井的是哪种电梯？导游语塞，我抢着说，这叫“罐笼”。夫人在一旁哭笑不得……

旅游路线中还有阿联酋的迪拜，我一边带孙子玩汽车冲沙，一边却想起赴矿区汽车的“漂移”。

顶级的赛车手都会“漂移”，这需要技术和胆量，一般的司机是不允许随意仿效的。而在内蒙古包头石拐区，在通往包头矿区的路上却有许多连续弯道，使司机不得不踩刹车，摩擦声是那条路上独具特色的声音。时间长了，就成为驾驶员与乘车人的一种乐趣，甚至有意制造这种声响，一旦成功，司机会说：“怎么样，好听吧？”

我们赴包头矿务局演出，巧逢冬季。除剧场演出外，还有到矿区医院的慰问。院长说：“有几位卧床的伤残矿工，行动不便，能不能到病房看望一下他们？”“没问题！”我带着女高音满艳跟随院长来到住院部病房。

满艳是个回族歌唱家，眼睛大大的，眉毛浓浓的，眼窝深深的，唱民歌是她的专长。我们向卧床的矿工表达了慰问，矿工没

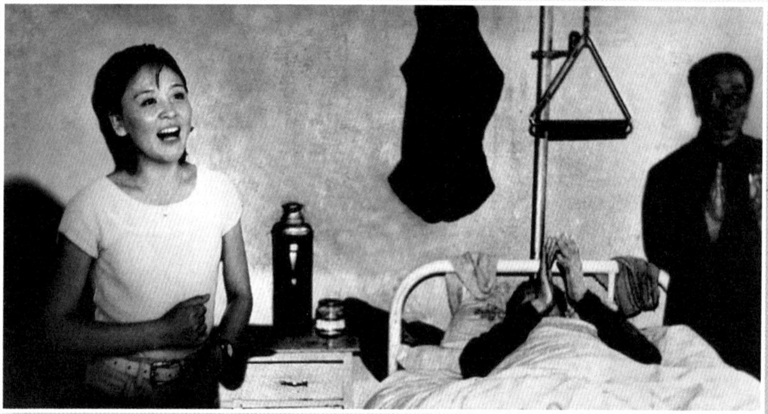

中国煤矿文工团歌唱家满艳在病房为伤残矿工唱歌

有回答，两眼直愣愣的，嘴角微微动了几下，仿佛想说什么。满艳心领神会，马上说："我给你清唱一首歌吧——《谁不说俺家乡好》。"歌声一出，伤员的泪水就顺着眼角流下来啦，他没想到竟然能为他一个人唱，在病床前唱！他用力撑着床想坐起来，满艳赶紧过去，让他躺好别动，坐在床沿儿深情地唱着。

院长说，今天的探望，这位矿工将终生难忘，满艳不断地重复说："从没这么唱过，我的手现在还在抖！"

温差的变化、连续的演出使纤弱的满艳病倒了、发烧了、住院了！她没想到值班大夫正是那天去医院慰问的陪同大夫，她在家里煮了小米粥和鸡蛋拿到医院，送到满艳床前。我到医院接满艳时，恰好看到这一幕，泪水一下子涌到眼睛里，这就是真挚的矿山情啊！

我问满艳："幸福吗？"她含泪点头。

在矿区医院慰问演出

在回驻地的路上，我告诉满艳：“明天演出地点在山上，要步行一段路，你还没有全好，身体虚，怕吃不消，就留在山下，别去了。”她没表态。

第二天出发时，我发现她依然在队伍中，路很滑，大家相互搀扶着，准时到达。走这样的路，对文工团来讲，是家常便饭。

演出开始了，满艳唱前加了一段话：“来这里演出生了病，非常想家，可咱们医院大夫，对我像亲人一样无微不至地照顾，为

中国煤矿文工团踏雪赴内蒙古包头矿区

我做了特殊的病号饭，下面我用歌声表达一下此时此刻我的心情，唱一首《谁不说俺家乡好》。”“一座座青山紧相连，一朵朵白云绕山间，一片片梯田一层层绿，一阵阵歌声随风传，哎……谁不说俺家乡好……”也就是唱到这一句时，满艳无法控制，哭到几乎唱不下去了，在场的很多人都流下了热泪。

煤矿就是我的家，这是中国煤矿文工团演员共同的感受，人人都愿为这个大家做点实际的事。照片中那位个子高高、戴着眼镜在雪地中行走的，是国家一级演员、资深演奏家郭一，他可谓“老煤矿”啊。他曾在开滦矿区举办了一百场独奏音乐会，他创作的民乐合奏《煤海春潮》多次在“五一”音乐会上演出，他参与筹建中国民族管弦乐学会并多年担任秘书长一职，为民族音乐事业的发展尽心尽力。纪念建党百年，学会在国家大剧院举办了《国韵悠长》新年音乐会，85岁高龄的郭一，坐轮椅来到观众席，当我介绍他时，在场的民乐人向他献上了掌声和欢呼声。

包头矿务局的总工程师姓赵，慰问演出中他不止一次告诉我，包头矿区有不少学煤炭专业的大专毕业生，他们都很年轻，但这里的文化生活比较单调，看到专业文艺团体的演出机会很少，希望你们每年都来，也希望你们派辅导员下来，培养他们的素养，激发他们的参与感。

我没有能实现赵总的希望，文工团每年近200场的演出，也很难保证有求必应，全国矿区恐怕一辈子也跑不过来。

包头矿区总工程师赵嘉礼在文工团简易楼

一晃过了几年，有一天在文工团的家属区，有一个人在远处叫我："老瞿，团长。"走近一看居然是赵总！真没想到，竟然是这样重逢。

赵总与夫人一起来京，没有住宾馆而是住进了文工团。天哪，文工团哪有招待所啊？！我们的车库是简易的三层楼：一层是车房，三层是小排练厅，二层有几间司机休息室，后来成了临时客房。太不像样儿了，这是筒子间，只够放两张床、一张桌子，洗手池和厕所在楼道尽头，一个蹲坑，男女共用，团里也没有食堂呀！

我着急地说：“赵总，我给你找宾馆。”他笑了：“小屋很暖和，住得很舒服，出门可以买饭，你快忙吧，不用管我！听说明天又要出发了！”我给部领导打了电话，嘉琨部长接的，他说：“是赵

与赵总在包头矿区

总吧，包头局的总工程师赵嘉礼，他这个人对自己要求特别严格，不是公务，也不告诉我们。”

等我从矿区回来去找他，赵总两口子已经回包头了，他留给我一件紫红色毛背心，一张纸条，上面写着：“鄂尔多斯产的，很舒服，按你身材挑的。”一股暖流在心中流淌，感动，愧疚！毛背心至今没拆封，珍藏着，每次看到它，我心中都会默念，是煤矿人给予的温暖。

黑哥们儿永远唱不完的《洗歌》和《酒歌》

《洗歌》（下班升井后洗澡），舞蹈家张强、朱海涛、杨轶等表演

为黑哥们创作的《酒歌》（下班升井后喝酒），舞蹈家李小燕、雷浩、罗昭宁等表演

了不起的骨气和鼓舞起的士气

“一个国家要有民气，一个民族要有志气，一个队伍要有士气，一个人要有骨气。”这是英雄的豪言壮语，我不止一次从“黑哥们儿”那里感受到。

20世纪的1975年，全国煤矿采掘队长在北京召开会议，树立了十面红旗。不仅全国煤炭战线的三座煤都——抚顺、开滦、大同榜上有名，阳泉、淄博、淮北、淮南、义马、大屯等地的采煤队也光荣入选。

我们文工团组织了十个创作组，任务是创作出“十面红旗红艳艳”的不同节目：歌曲、舞蹈、表演唱，种类繁多。我和话剧团的艺术家何文义奔赴山西阳泉，在三矿文艺骨干李天河的协助下，参加井下劳动并创作出三人故事《硬骨头精神代代传》。

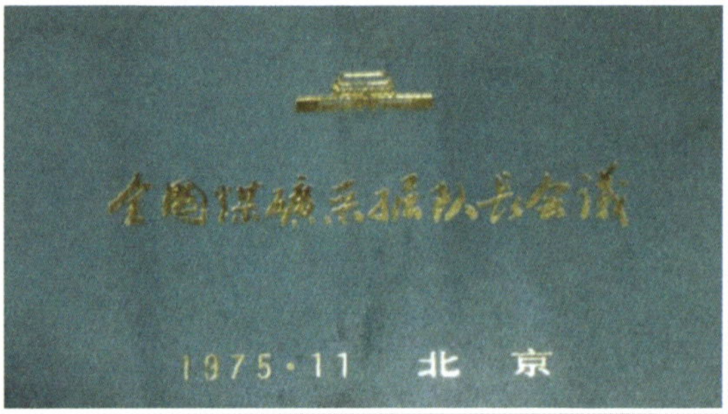

全国煤矿采掘队长会议请柬

当年创作组所在地——
阳泉三矿俱乐部二楼

我认识了一批劳动模范和先进人物并和他们交了朋友，山西大同矿区同家梁矿徐生发就是其中一位。

我敬佩他，是因为他在国际上为中国矿工赢得了荣誉。1979年组织上派他赴德国学习先进的综采技术并购买了德国艾克霍夫公司的综采机组，临别时德国专家施密特先生说：“你回去，如果能用好我的机器，那你——OK，如果你用不了，我可以派人帮

大同矿区同家梁矿徐生发采煤队

助你。”

徐生发听到这话，心中涌起“为国争光”的强烈愿望，他回答施密特先生：“你的机器我还没用，但愿它能像你说的那样好，不过，你们能造出来，我们就能用得了！”

他真是有骨气的“黑哥们儿”。他组织了一批年轻的骨干，清一色都是煤矿职工子弟，当年被称为“二牛和他的娃娃兵”，不仅驾驭了国际水平的机器，也扛起了大同矿区同家梁综采队的大旗。

1981年盛夏，施密特先生从德国来中国旅游，听到大同综采队的佳绩之后，专程来到大同煤矿，徐生发见到了他。“我们使用你的机器，去年年产了九十二万吨煤，你们的机器不错啊！”“徐生发先生，你的工人伟大！”

不久，英国生产液压支架的倒梯公司又给中国煤炭工业部来信说：“我们的支架，在中国大同是放心的。”真了不起，徐生发和他的综采队为中国赢得了至高的荣誉！

我任中国煤矿文工团团长后，终于有机会到徐生发的综采队去学习座谈，他热情地接待了我和演员们，向我们介绍了他们克服困难的经过。听着听着，我心中涌起“骨气”两字。是啊！文艺工作者也应如此啊，我要把文工团建设成一个大家庭，各门类都应创作出优秀作品，要出剧目、出人才，为煤矿工人争光，不能做“业余的头儿，专业的尾”。精神面貌要焕然一新，要有一面文工团的团旗，一个团徽！

我把我的想法告诉了文工团的舞美设计师胡阳春，他是我中央戏剧学院的同学，我在表演系，他在舞台美术系，他问我，什么颜色？我说就是咱们大学校徽下面的绿色，象征舞台、象征着青春活力，有艺术感！他说字用黑色吗？我说咱们用白，“抱黑守白”是咱们的特点。

他设计了几种团徽的样子，我格外喜欢圆形地球剖面那张，剖面中有钢琴琴键，又呈现了黑与白！“黑哥们儿”是与地球打交道的人，文工团是为“黑哥们儿”服务的，我们选定了它。

胡阳春是个沉稳的人，生活中的感觉似乎比实际年龄大，周

中国煤矿文工团团徽

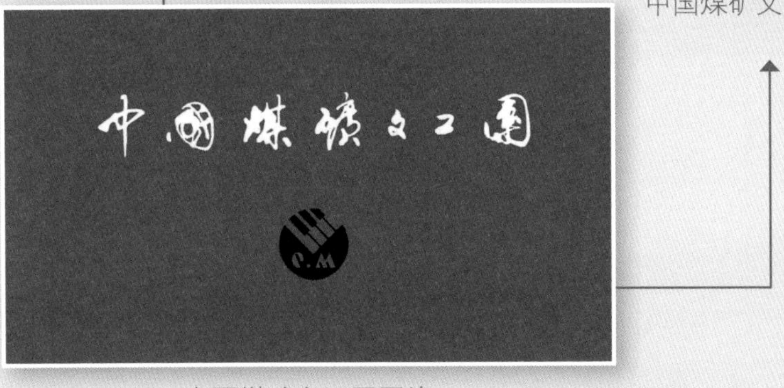

中国煤矿文工团团旗

围的人戏称“胡大爷”，我习惯叫他“老胡”。老胡不仅业务出色，为人也随和，我一直希望他入党，他却坚持做党外人士，因常年担任文工团演播厅、电视部等部门的领导，各种重要会议都特邀他参加，我在会议上称他“党外布尔什维克”，我们是战友、朋友，唯一后悔的是直到我退休时，也没付给他团旗、团徽的设计费。

我和各分团室的领导，一起制定了我们的艺术宗旨——“精

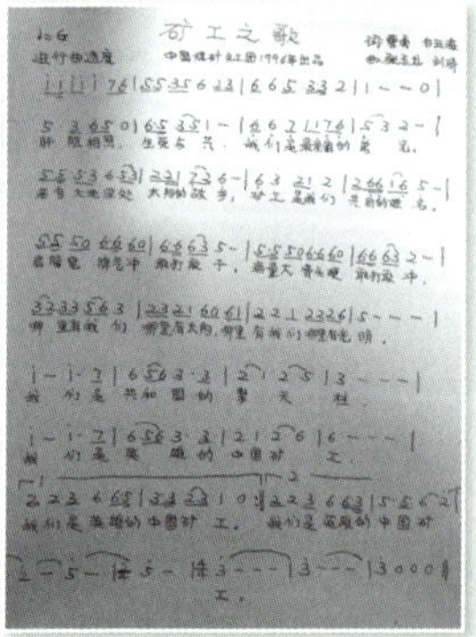

中国煤矿文工团团歌

在新闻媒体前介绍“老胡”

团庆 60 周年庆典升团旗仪式
（北京人民大会堂宴会厅）

深、精湛、精致”“热情、深情、激情”。随着大型歌舞《日出印象》的创作成功，其中的《矿山之歌》也成为我们的团歌。

2007 年，团庆 60 周年那一天，在北京人民大会堂宴会厅举行的庆祝大会上、在团歌声中，团旗、团徽缓缓升起，全体团员、嘉宾起立行注目礼，场面庄重感人，极大地鼓舞了文工团的士气。大会堂的工作人员对我说：“我在这儿工作时间很长了，在我的记忆中，还没有哪个文艺团体在这里举办过建团纪念，更没有在这里升起过团旗！”

与晋珊元书记等在同家梁矿下井

徐生发代表着大同煤矿工人的一种骨气，为民族、为国家争气，其实这也是大同煤矿人共有的特点。

21 世纪后，我们依然保持着年年赴大同慰问演出的传统。一天，我们装好台后，我从矿区俱乐部前门走出，这里是一个休闲广场，同煤集团的晋珊元书记陪着我。突然有人喊我：“老瞿，是你吗？”啊，是劳模老队长徐生发，很久未见了。

他和朋友也在广场上散步，他告诉我，他已经从第一线退下来了。其实他只比我大两岁，属马的，他说今晚来看演出并对晋珊元书记说："这是咱'黑哥们儿'的文工团，你一定要支持！"

晋书记笑着说："我可是想了各种办法呀！""各种办法"这句话可有故事啊。那时煤炭战线遇到"供大于求"的情况，煤卖不出去，没有资金支付董事会费，而文工团急需解决退休老同志医疗报销的问题，因为我们属差额事业单位，部财务司让我们自筹资金，我急得像热锅上的蚂蚁，向各矿区求援，当时全行业都面临难题，我几乎绝望了。这时晋珊元书记打来电话："老瞿，我

与王谦祥、李增瑞在中央电视台《向经典致敬》栏目合影

们不能让自家的文工团受难，咱煤矿人有骨气，办法总比困难多。你那里能有人找煤的销路吗？我给你们弄两车皮煤。”在我身旁的相声艺术家王谦祥马上接过话茬说：“这事儿您交给我！”就这样，那年老同志的医疗费得以解决了！

同煤人就是有骨气，为矿工争光，为“黑哥们儿”扬名，他们支持中国煤矿文工团与中央电视台合拍了电视连续剧《燃烧的生命》，与文工团一起在中央电视台举办了“五一”音乐会，晋

和中国煤矿文工团
青年演员一起下井

在电视连续剧《燃烧的生命》中
与艺术家刘威合作

与大同矿区刘随生董事长、文工
团徐瑞峰书记在大同云岗矿井下

书记还带领我们深入井下，体验生活，奔赴同煤集团的晋华宫矿、云岗矿等慰问演出。

看似很普通的事，同煤人也有一种“不服输”“不信邪”的劲儿。同煤另一位主席幸友文得知我收藏铃铛过程中很难找到非洲国家的铃铛，因为出非洲的机会不多，特别是非洲中部的国家，能找到那里的铃铛简直比登天还难。他笑着说：“有办法，天下事

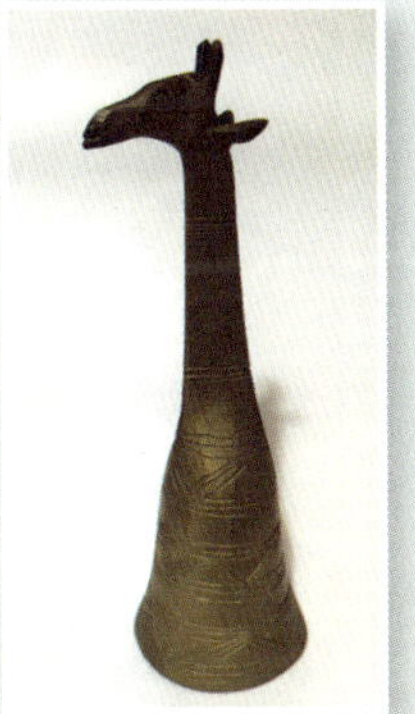

非洲加纳的鹿头铜铃

中国煤矿文工团艺术家与大同工会领导幸友文、张枚同等在一起

难不倒咱们，非洲也有咱们‘黑哥们儿’。”我以为他指的是黑人朋友，他神秘地说：“你就瞧好儿吧。”一个月后，他拿回了非洲加纳的铜制鹿头铃，原来同煤集团有援外施工队，幸主席竟然委托他们集体上街（为安全起见）寻铃，真就找到了金属铃铛。这种好强的劲儿也体现着一种骨气和决心。

我曾兼任过全国青联的常委并荣幸地成为“全国十大杰出青

与全国十大杰出青年刘谊同台

年”评选委员会的成员。1999 年，评选第十届全国十大杰出青年，从三十位候选人中投票选出十名。当我发现候选人中有煤炭系统的“黑哥们儿”时，非常激动，这位来自安徽淮南新集的青年人名叫刘谊，他的事迹轰动了国际煤炭行业，那就是征服“海斯别克”。

20 世纪 90 年代，刘谊所在的安徽新集矿区，面对复杂的地质条件，急需设备改造。他们抓住机遇，谱写了一曲跌宕起伏的“抄底故事”。德国盛产煤炭的工业区——萨尔的海斯别克，一座名叫“索菲亚”的选煤厂，因资金链紧张，准备低价卖出全套设备。该厂的设备系 90 年代世界先进水平，绝不是“洋垃圾”。这可是个千载难逢的机会，因为“抄底”具有同期性，它与经济萧条如影相随，一旦经济还阳，机会就可能烟消云散。必须把握机会，大胆拍板决定购买设备。经过艰苦的谈判，新集矿区以该设备总额百分之五的价格买下而且包含运费。

然而，一场更加严峻的考验即将锤炼新集人的意志。

了不起的骨气体现在新集组建的 45 人拆迁队身上，他们不远万里赴德国索菲亚选煤厂接收全部资产。选煤厂高达 26 米，设备为特种钢结构，真是“纵横交错，密如蛛网，乱如棋盘”。拆卸无从下手，傲慢的德国人预言，没有两年时间，中国人不可能完整无损地将庞大的设备拆迁回国。而以全国十大杰出青年之一刘谊为代表的新集人却制定了详尽而周到的拆迁计划——每颗螺丝钉都细致到编号对位，争分夺秒地拆迁，不分工种，不分昼夜，共同会战！德国人万万没有想到，中国工人仅耗时 8 个月就顺利完成。

整体搬迁至安徽新集的“海斯别克”

搬迁后的选煤厂内景

我亲眼看到了拆迁回国坐落在新集的选煤厂，刘谊自豪地向我介绍着选煤厂的各个部分，他还亲自挑选了名言佳句，放在门前或过道，警示人们珍惜来之不易的成功，号召大家为国争光，为煤炭行业争气。

中国煤矿文工团原创小剧场话剧《我不离婚》剧照

与刘谊董事长一起参加演出后的座谈会

我们原创小剧场话剧《我不离婚》，在北京、上海等地的演出引起轰动，刘谊董事长特邀剧组到新集矿区演出，针对社会上的不良风气，他要求基层干部带家属一起来看。扮演生活中被称为第三者的青年演员张定涵告诉我，台下不时传来"掐死她""掐死她"的骂声，没想到文艺作品的影响力如此之大！

演出后的次日上午刘谊亲自主持了座谈会，剧中主要演员周舟、杜宁林、张定涵、吴忆江等和矿区职工亲切交谈，文艺工作者备受鼓舞。

刘谊十分关心矿工的生活，让我到新集矿区主持了煤矿工人

主持新集矿区"黑哥们儿"集体婚礼

“新集好伙伴”赠牌仪式

的集体婚礼。几年过后，他笑着对我说，参加过集体婚礼的百对新人，幸福美满。

刘谊还是一位关心文艺、支持煤矿文化事业、助力文工团的热心人，他关心文工团的大型歌舞《奥林匹克颂》《俄罗斯的伏特加》的排练和演出，当他得知文工团排练“水鼓”时，建议我们进一步完善，把中外各类鼓的特点都融合进去，如腰鼓、太平鼓、手鼓，包括欧洲苏格兰、非洲加纳的打击乐……真是鼓乐齐鸣，鼓舞人心啊！为了鼓励文工团的创新精神，他还授予中国煤矿文工团“新集好伙伴”铜牌。

踏上文工团诞生地

第一次听到别人说起鸡西这个地名还是我上大学时，中央戏剧学院表演系61班新生自我介绍时，有一位同学叫郭曼，她说："我来自黑龙江鸡西，鸡西那嘎达老远了，贼冷！"

而真正知道鸡西，是我到中国煤矿文工团报到那一天。1973年，历经千辛万苦，在夫人张筠英不懈的努力下，我从青海省调回北京。当我走进和平里那座四层楼的二楼办公室，办公桌前的一位同志热情地说："欢迎你啊，我是王振宇。"后来才知道，他是书记也是编剧。他说："这个团是老团，历史悠久，1947年在东北解放区鸡西成立的，我老家就在七台河，离得不远，当时叫东北煤矿文工团。"他还告诉我，"这个团是老一辈革命家陈郁部长和夫人袁溥之创建的，它的前身是工人运动学校，1952年与华

中国煤矿文工团创始人陈郁、袁溥之

北煤矿文工团合并为中国煤矿文工团，科班儿出来的人少，需要你们这样的演员。”从那时起，鸡西是文工团的诞生地就铭刻在我心里了。

时间过得很快，我随话剧团赴各矿区演出了多部话剧，其中有《艳阳天》《枫树湾》，也有原创话剧《创业》《江南一叶》《赵武灵王》……1984年，在我担任话剧团团长两年时，上级煤炭工业部领导到文工团进行民意测验。工作结束时，总团团长王昌厚把我叫到他办公室。

一向笑呵呵的昌厚团长那天显得格外严肃，他说："小瞿啊，民意测验你的票数最高，部里已经决定，从今天起，这副担子就交给你了。"

什么？当总团长？我从来没想过担任这个职务，管理整个文工团。我急忙说："王团长，你就让我在话剧团，我会努力演好每一个角色的。"

王团长的脸色此时变得和蔼起来，"别忘了，你是党员，还是党委委员，服从组织决定是必须的"。

我脑子里一片空白，懵懵懂懂的……只觉得压力很大，不容推托。王团长语重心长地说："你可不能把这块牌子给砸了，这面旗子不能倒！"这是终生难忘的话啊，我默默地点了点头。

就这样，带着全团同志的信任，重复着老团长的叮嘱，开始了我的总团团长生涯，当时我39岁。

没过几天，听说文工团创始人陈郁部长夫人袁溥之到北京了，另一位建团元老王永和带我去看望她。在蒋宅口煤炭部宿舍楼我见到了她，她回忆说："那时条件很艰苦，文工团的任务就是鼓舞矿工多出煤，支援解放战争。你有机会要去鸡西看看，看看建团的老地方。"

中国煤矿文工团元老团长王昌厚、王振宇

中国煤矿文工团元老重返黑龙江鸡西恒山矿（徐展、王永和、朱德方、关志贤、栾贵章）

第一次见到中国煤矿文工团创始人袁溥之同志

可是因煤炭行业发展得不平衡，东北老矿区连发放工资都困难，去诞生地演出的愿望直至2006年才实现。那是鸡西矿业开采100周年的日子，鸡西煤业的赵明升书记特地来北京邀请文工团“回娘家”共庆佳节。

为减轻矿区的负担，演出日程安排得很紧，到达鸡西的当天，我们全体人员马不停蹄地前往文工团的诞生地——鸡西恒山矿。

天下着小雨，细细的雨丝仿佛是老家亲人绵绵的情丝。我们受到夹道欢迎，远远的一座小楼出现了，小楼的门窗都是浅蓝色的，格外醒目，湛蓝和纯洁，意味着文工团的淳朴及旺盛的生命力。鸡西人民和文工团的心始终紧紧相连，我兴奋极了。

我的毛笔字，水平有限，赵明升书记却让我写了“中国煤矿文工团诞生地”几个字，还把它制作成铜质横匾。我与歌唱家邓玉华一起揭彩，鞭炮和锣鼓声响成一片，我终于踏上了文工团诞生地。

在中国煤矿文工团诞生地合影

与歌唱家邓玉华为诞生地铜牌揭彩

当晚在矿工休闲广场举办了大型演出，当年的《鸡西矿工报》写下了这样的报道："花团锦簇、彩旗飘扬，到处洋溢着喜悦的气氛。五彩斑斓的霓虹灯更是把演出现场映衬得异彩纷呈。"

晚会在中国煤矿文工团演出的大型舞蹈《跨越》中拉开了序幕，相声演员丁广泉、影视明星金铭的表演，演奏员张永智的雷

舞蹈《跨越》，舞蹈家魏歆、饶若丹领舞

与童星金铭共同主持

演奏家张永智的雷琴演奏

歌唱家汤子星（阿贵）演唱《绿叶对根的情意》

表演艺术家范伟、贾雨岚、白蓓蓓演出小品《范老四养殖场》

琴独奏使朋友们大饱眼福。歌手阿贵一曲《绿叶对根的情意》表达了文工团对老家亲人的感激，而影视明星范伟与国家一级演员贾雨岚、青年演员白蓓蓓的小品《范老四养殖场》把晚会推向了高潮……

次日上午，我们奔赴鸡西矿务局二道河子煤矿，为当班工人进行零距离演出。矿工们说“百灵鸟飞到千尺井下”，他们把大巷装扮得相当辉煌，黄底红字的“欢迎”两字格外醒目，能容纳上百人的煤层空间，整整齐齐坐着一排排的矿工，每人头顶的矿灯全部打开，把现场照得分外通明。

我的第一感觉是这么大的空间似乎在哪里见过？噢，徐州！徐州矿务局庞庄矿驰名全国的锚杆技术处于领先地位，不用支架和顶网，钻进煤层的带螺纹和螺母的锚杆支撑起完整的顶板，形成安全的空间。

而这里是天然的好顶板！空间同样是那样宽阔，这次二道河子矿在这个空间装上了话筒和音响，具备了演唱、朗诵、相声表演的条件，文工团的艺术家充满激情地为“黑哥们儿”表演，我还指挥全体人员合唱《咱们工人有力量》。

陪同我们下井的赵明升书记问我，中国煤矿文工团“一支不拿风镐的采煤队”称谓，是何人命名的？跟鸡西有关系吗？我向他讲述了它的来历。那是河北峰峰矿务局通二煤矿党委书记、老矿工马振德说的，“你们每次到矿上来演出，我们不用动员，产

在鸡西二道河子煤矿井下主持

和矿工齐唱《咱们工人有力量》

量就上去了，安全状况也格外好。你们虽然不直接参加挖煤，但作用是无比的。我就说你们是一支不拿风锹的采煤队，后来可能是大家对井下往传送带上攉煤用的风锹不熟悉，就说成风镐了”。

赵明升书记说：“讲得实在，它和一束美丽的乌金花一样，都是对中国煤矿文工团准确的评价。”

在诞生地鸡西，赵明升书记陪我看望了老领导，拜访了老同志，我向他们汇报了文工团几十年来成长的经历。大家不约而同地谈到党和国家对煤矿工人的关怀，特别令人感动的是，中华人

采访“一支不拿风镐的采煤队”命名者马振德

民共和国刚成立，1950 年党就想到煤矿工人疗养的问题，把北戴河疗养区最好的地点划拨给中央燃料工业部，建成第一座煤矿工人疗养院，坐落在中海滩路。那里有最美的八座外国洋房，那里是出门就是海滩的黄金地段！李玉环院长不止一次地说：“提出建疗养院和建文工团的是同一个人，陈郁老部长。”

我向鸡西老领导赠送了盒式录像带《采掘者的乐园》，那是中央电视台导演李晓兰，编导组郎文曜、张筠英和作曲家施光南共同创作的电视艺术片。话剧团还曾专程到疗养院演出了话剧

与北戴河煤矿工人疗养院院长李玉环合影

与中央电视台导演李晓兰在摄制组居住的 11 号楼前合影

第三版

电视艺术片 采掘者的乐园

中央电视台拍摄的电视艺术片《采掘者的乐园》，反映了党和人民对广大煤矿工人的关怀。在全国各风景区有很多为煤矿工人修建的疗养院。矿工们可以在万顷波涛的海滨游泳，在晨曦照耀的竹林中打拳、练剑、漫步；在北国白雪皑皑的冬季，矿工们可以洗室内温泉浴。夜幕降临了，疗养院的图书室、游艺室灯光齐明，矿工们可以读书、娱乐。

电视艺术片《采掘者的乐园》中有四首插曲：《幸福的海湾》、由中央民族歌舞团曲比阿乌演唱、男声三重唱伴唱；陕西民歌《秦川金秋好风光》，由陕西歌舞团冯健雪演唱；男中音领唱、混声小合唱伴唱《燃烧的心》，由空政歌舞团佟铁鑫演唱、广播艺术团合唱团伴唱；男声四重唱《飞吧！雪橇》，由中央乐团杨焕礼、尹一平、王世光和贾宗昌演唱。

5月1日播出。（李晓岚）

编导郎文耀在拍摄现场

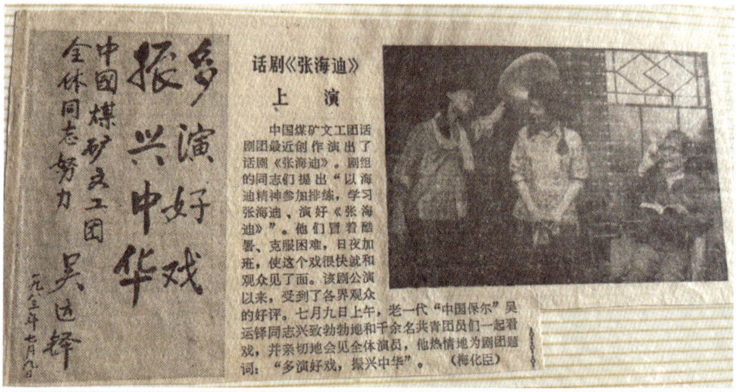

多演好戏 振兴中华
中国煤矿文工团全体同志努力
吴运铎

话剧《张海迪》上演

中国煤矿文工团话剧团最近创作演出了话剧《张海迪》。剧组的同志们提出“以海迪精神参加排练，学习张海迪，演好《张海迪》”。他们冒着酷暑、克服困难，日夜加班，使这个戏很快就和观众见了面。该剧公演以来，受到了各界观众的好评。七月九日上午，老一代“中国保尔”吴运铎同志兴致勃勃地和千余名共青团员们一起看戏，并亲切地会见全体演员，他热情地为剧团题词：“多演好戏，振兴中华”。（梅化臣）

被誉为当代保尔的吴运铎为文工团题词

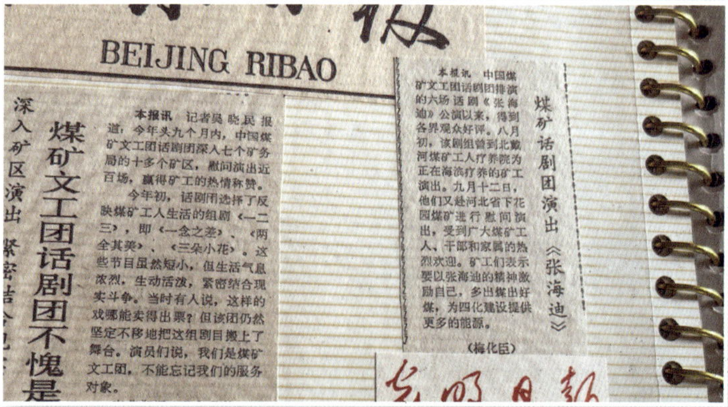

BEIJING RIBAO

深入矿区演出 紧密结合……
煤矿文工团话剧团不愧是……

本报讯 记者吴晓民报道：今年头九个月内，中国煤矿文工团话剧团深入七个矿务局的十多个矿区，慰问演出近百场，赢得矿工的热情称赞。

今年初，话剧团选择了反映煤矿工人生活的组剧《一二三》，即《一念之差》、《两全其美》、《三朵小花》。这些节目虽然短小，但生活气息浓烈，生动活泼，紧密结合现实斗争。当时有人说，这样的戏哪能卖得出票？但该团仍然坚定不移地把这组剧目搬上了舞台。演员们说，我们是煤矿文工团，不能忘记我们的服务对象。

煤矿话剧团演出《张海迪》

本报讯 中国煤矿文工团话剧团排演的六场话剧《张海迪》公演以来，得到各界观众好评。八月初，该剧组曾到北戴河煤矿工人疗养院为正在海滨疗养的矿工演出。九月十二日，他们又赴河北省下花园煤矿进行慰问演出，受到广大煤矿工人、干部和家属的热烈欢迎。矿工们表示要以张海迪的精神激励自己，多出煤出好煤，为四化建设提供更多的能源。

（梅化臣）

光明日报

《光明日报》《北京日报》报道中国煤矿文工团深入基层

《张海迪》。被称为“当代中国保尔”的吴运铎同志还亲笔题词“多演好戏振兴中华”。

我向鸡西的老领导汇报了文工团的发展情况，特别是安源演播厅的建设过程。我说自己一直有一个梦想，建一座属于煤矿人自己的剧场。铁路文工团拥有二七剧场，我们要有一个适合于舞台演出、电视拍摄、召开会议等多功能的场所，并要命名为安源

耿素玲副团长向文工团党委汇报安源演播厅基建进展

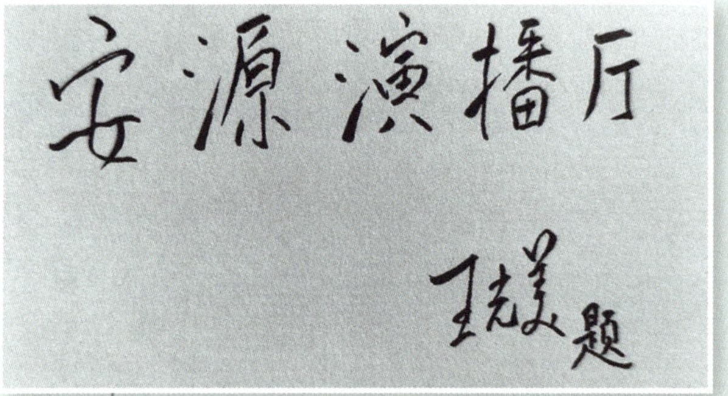

刘少奇主席夫人王光美题字

书法大家欧阳中石为安源演播厅题字

演播厅。安源，那是老一辈无产阶级革命家毛泽东、刘少奇等同志当年奋斗的地方，以安源命名不仅有代表性而且还能激励后人。

我的申请得到了煤炭工业部的批准，在时任文工团副团长耿素玲的指挥下，经过两年的奋战，终于在和平里青年沟路23号院里建成。

我请著名的书法大家欧阳中石题写了“安源演播厅”5个大字。刘少奇同志的夫人王光美还用硬笔书法写了场名“安源演播厅”。

落成典礼那天，王光美同志来到现场，当年安源煤矿工人大罢工的纠察队队长袁品高的后代袁自成也应邀参加剪彩。王光美同志说：“20世纪80年代，我在民族宫剧场看过你们演的话剧《特别记者》，那是回忆革命历史，今天你们把这座新建筑命名为‘安源’，是发扬革命传统。”我激动地流下热泪，团员们说：“我们都打心眼儿里高兴。”

汇报到这些，鸡西的老领导也很激动，纷纷表示，一定要到北京亲眼看一看。

我还向鸡西老家的领导汇报了克服困难组建中国煤矿文工团董事会的情况。在煤炭行业不景气的困难时期，我们的老领导张宝明部长提出了解决文工团生存的途径——双向服务、双向受益，由十家实力雄厚的煤炭企业成立文工团董事会，每家每年向文工团提供20万元资金，文工团固定为董事单位慰问演出，其中5

中国煤矿文工团话剧团原创话剧《特别记者》连环画

向中国煤矿文工团董事会策划人张宝明部长汇报

场是纯公益的。张宝明部长亲自请十位局长到京协商，他们来自中煤进出口公司和兖州矿务局、大同矿务局、开滦矿务局、阳泉矿务局、淮北矿务局、平顶山矿务局、义马矿务局、铁法矿务局、大屯矿务局、郑州矿务局。经天亮董事长十位局长先后表态，坚决支持部领导的设想。山东兖州董事长赵经彻是全国五一劳动奖章获得者，他说："这是精神文明建设啊，我们全力支持！"经天

中煤进出口总公司董事长经天亮全力支持文工团

与董事会创办者之一、山东兖州矿董事长赵经彻交谈

亮董事长说："全国煤炭职工和家属 800 多万人，每人拿出一块钱就把你们养活了！"

第一次至第六次中国煤矿文工团董事会联络员会议，部办公厅、机关党委领导刘玉华、张福元、陆群、田淮俊、许传播等多次参会指导

在北京人民大会堂团庆 60 周年庆典上，向全国 40 余家董事单位赠送“情同手足杯”

文工团就是“黑哥们儿”养活的，董事会后来发展到 40 余家。团庆 60 周年我们请来了所有董事单位领导，在人民大会堂宴会厅，我们的姑娘向他们献上了鲜花和“情同手足杯”。

淄博、晋城、兖州等矿区的领导对我说，文工团真有“黑哥们儿”特点，你今天表彰的两个人真让人感动，一个是把自己家的小院当作文工团初期的团址无偿使用的赵时震，另一个是默默无闻为演员烧洗澡水的锅炉工李占宽。这就是咱们“黑哥们儿”的品质，也是你们的好团风啊！

第一代煤都抚顺工会主席佟朝荣到大会堂参加团庆

中国煤矿文工团作家王昕创作的历史剧《赵武灵王》

抚顺的工会主席佟朝荣在签到时就高兴地说："老朋友又见面了，1982 年你们到抚顺演出中国历史剧《赵武灵王》，那是三伏天啊，剧场没有空调，连续演出几天，穿着那么厚的服装，每天演出后衬衣都能拧出半盆水来，真让人心疼啊！白天还到老虎台下井，在巷道里还给工人朗诵……六十年的好传统，矿工喜欢你们！"

在抚顺老虎台煤矿井下慰问矿工

文工团不仅得到“黑哥们儿”的支持，还有党和国家领导人的关怀。团庆 60 周年庆典，历届煤炭战线的老部长到场，全国人大、全国政协的领导光临，毛主席的女儿李敏、邓颖超的秘书赵伟也来了。

几代党和国家领导人不仅亲自到矿区下井看望煤矿工人，还对文工团发表了真诚的讲话。20 世纪 60 年代初国家整顿部委文

全国人大、政协，中宣部、文化部（今文旅部）有关领导、历届煤炭系统部长、副部长，中国文联各协会、各民主党派、各文艺团体以及来自全国各矿区的代表出席中国煤矿文工团成立 60 周年庆典

工团，周总理说："煤矿工人很辛苦，他们需要这个团。"1997年，江泽民同志为文工团题写了"面向矿山服务矿工"八个大字；时任国家领导人在观看文工团首届"五一"音乐会后说："文艺只有深深扎根于人民的沃土之中，只有同广大人民群众相结合，才有永恒的生命力，才能永葆青春。"邓颖超在1987年的贺信中写道："坚持下去，发扬光大。"

人民大会堂团庆60年庆典全景

在写这篇文稿时，我和鸡西工会孟平凡主席通了电话，他说：“你们是全身心讴歌矿工的艺术家，一定要把党对煤矿工人的关怀，把煤矿工人的情谊记录下来。”他告诉我，“赵明升书记退休了，他是鸡西煤校后来改为黑龙江矿业学校毕业的，现在在大连照看孙子呢！”

时间过得真快啊，文工团领导也在更换，但新老同志相聚时

在中国文联第十一次代表大会与作家冯俐、艺术家靳东同为中国剧协代表团成员

文代会代表中的“煤矿人”合影（张凯丽、王丽达、王乐君、刘昊然等）

都会谈起诞生地——鸡西，都不会忘记那段光荣的历史。2021 年第十一届文代会上，我和冯俐、靳东是同一个界别的代表，同在中国剧协小组，大家开玩笑说：“三位团长凑齐了。”

冯俐已经担任中国儿童艺术剧院的书记、院长。她告诉我：“咱们团参加文代会的还有几位呢！你的学生张涵予现在是中国电影家协会副主席，他也是文代会代表；还有原话剧团的王乐君，在电视剧《伪装者》中扮演了地下党程锦云，这次代表新文艺群体；原说唱团的阿贵（汤子星）的夫人歌唱家王丽达也在这个组。对了，你可能不知道，刘昊然从中央戏剧学院毕业后也到了中国煤矿文工团，他来自河南的煤城——平顶山……”，说是人凑齐

在天津卫视节目中与张涵予相聚

了，可只差远在加拿大拍片儿的张涵予，大家在会议室照了一张“煤矿人的合影”。

张涵予发来微信告诉我：“作为中国煤矿文工团的一员，自豪啊！”他回国后，参加天津卫视节目，特意和我们老两口合影，这位大腕儿还向我们献上了一束美丽的“乌金花”。

乌金花香飘四海

我从青海调回北京，去中国煤矿文工团报到。刚刚走到和平里无轨电车站，遇到了一位高中同学，他惊奇地看着我："回北京探亲来了？""我调回来了！""什么单位？""中国煤矿文工团。""噢，在门头沟吧？"

那个年代在人们心中，门头沟代表着煤矿，既然是煤矿文工团，当然在门头沟了。

我钟情门头沟，它代表着与煤矿的渊源。我团的著名歌唱家胡月曾经提醒我：咱们出访了那么多国家，在世界上也有名气，您在电视台介绍时别光说下井慰问，也要提咱们团的国际影响啊！没错，这束"美丽的乌金花"真是香飘四海，在五大洲都展示了风采。

继 1982 年煤炭工业部组团，携学习剧目舞剧《丝路花雨》前往美国引起轰动之后，1986 年又出访欧洲，在波兰大放异彩。

我当时是带团的负责人之一，110 人的队伍乘火车，六天六夜抵达莫斯科，再换乘火车赴华沙。演员们每天早上在卧铺车厢的走道上，扶着把手，坚持练功。没有特殊的补贴和外币，不能到餐车用餐，全体人员自带饭食，不仅带去程的，还要带回程的，

与汪长泽书记一起向我国驻苏大使李则望汇报

按每日三餐计算，14 天 42 顿啊。到莫斯科使馆招待所，我申请了一间房，将回程的食品暂时存放，没想到占了整间屋子，完全可摆成“食品一条街”！

演员们分在六节车厢，最紧张的是每站停车开车，俄罗斯境内火车开车是没有铃声提醒的，到时间就启动，倘若漏乘，麻烦就大了，语言不通，护照又统一保管，后果可想而知。

我必须在每个站台上催促并在列车启动后跑遍六节车厢，仔细清点人数才能放心。不过也有另一种享受，可以品尝团员们各自带的食品，不只面包、香肠，还有当时时髦的真空袋装炒菜——宫保鸡丁以及各类零食，吃得半饱。当回到自己的包厢，再看小桌上，部里的汪长泽书记、团里的舞蹈家黄礼华早已替我泡好了方便面。

长途跋涉后，到达目的地准备装台，可被告知装道具、布景、服装的货车还没到呢，天哪！这是提前一周发出的啊！如果到不了，不仅首场演出拖延，所有日程都会改动。

我镇静了一下，让我国驻波使馆参赞田义兴同志仔细询问货车现在到哪里了？——格但斯克，是一个站名，我让头脑机敏的舞蹈家常开疆随田参赞直接赶往格但斯克，并嘱咐一定要押车赶回。

当看到一箱箱演出用品卸车时，悬着的心终于放下，110 位演职员齐动手装台、走台，首演按时举行。

与我国驻波使馆田义兴参
赞在莫斯科火车站合影

在扎布热音乐舞蹈之家的首场演出获得巨大成功，热情的掌声有三十几次，演出结束时观众全体起立鼓掌，谢幕长达十几分钟。贝格尔经理激动地表示："我不记得在我的剧场中有谁得到过这样的殊荣。"波兰卡托维茨《工人论坛报》在头版显著位置以

《花雨过后，暴风雨般掌声》的套红标题报道了这次演出的盛况。耶莫维特煤矿副矿长爱德华·希特科说："你们不愧是来自古老文明的中国。如果不看你们的演出，一生都会遗憾。"在首都华沙波兰剧院演出后，波兰马佐夫舍歌舞团80多岁的团长米拉·齐明斯卡·塞格延斯女士对我说："我很久没有看到这么精彩的节目

在波兰的首场演出

与波兰马佐夫舍歌舞团团长交谈

了。”我告诉她，马佐夫舍歌舞团在中国的演出也很受欢迎，中国的中央电视台播放了演出盛况，她激动地表示，这是她最高兴的事。

在访波期间，我们拜访了著名的西里西亚歌舞团，该团团长斯塔尼斯瓦夫·托卡尔斯基 20 世纪 60 年代曾率团访问过中国，

访问波兰西里西亚歌舞团

我团舞蹈家邹振泰当时是接待组成员，老友相见，分外亲热。好客的主人显得格外激动，舞蹈演员们为我们表演了波兰各地区的民族舞蹈，管弦乐队和歌队则为我们演唱了中国人民所熟悉的《波兰圆舞曲》，他们还邀请我团女演员白珊、李小燕穿上波兰民族服装，一起在草坪上翩翩起舞。矿工交响乐团的演奏家热情地

舞蹈家白珊、李小燕穿上波兰民族服装合影

戴上波兰矿工乐团的帽子

与我们合影，还让我戴上了乐团特有的帽子。

2002 年，我率团第二次访问波兰。我又一次前往距华沙 70 千米的肖邦故居参观。这是一座幽静的院落，绿树成荫，鲜花遍地。屋宇在藤蔓间矗立，肖邦塑像在骄阳下闪光，仿佛它本身就有一种音乐之美。接待者是位老年人，他居然记得十六年前的事，他告诉我，那次是波兰的巴依交拉部长亲自嘱托他，接待中国的重要客人，他们打破惯例为我们举办了专场音乐会。钢琴演奏家

在音乐家肖邦故居聆听波兰钢琴家演奏

在肖邦故居挑选的铃铛

在摩洛哥马拉喀什剧场谢幕

德卡尔斯基演奏了肖邦的钢琴曲，大家坐在长椅上，陶醉在诗的意境之中。

他帮我挑选了肖邦故居纪念馆的纪念品——铃铛，并对我说：“下次来，一定不要再等十六年。”

这一年，我们受国家安全生产监督管理局、国家煤矿安全监察局的委派出访了非洲，赴摩洛哥和突尼斯参加国际艺术节。这是我团第24次组团出访，是出访中艺术门类最多的一次，也是我团在境外停留时间最长的一次。在摩洛哥我们参加了马拉喀什艺术节、德土安艺术节、拉巴特艺术节，在突尼斯参加了哈马迈特艺术节、莫纳斯提尔艺术节和著名的迦太基艺术节。

这是一次千载难逢的机遇，演出获得了巨大反响。那台上台下融为一体的激情场面，那山呼海啸般的掌声和欢呼声、那长时间的谢幕场面至今还会浮现在眼前。

我们不会忘记：马拉喀什皇家剧院的椭圆形观众席响起的比在国内矿区演出还要火爆的掌声；德土安体育场里，中国艺术团一入场，全场齐呼“中国，中国”；拉巴特广场上，摩洛哥观众依依不舍地夹道欢送中国演员；哈马迈特剧场那怡人的海风和海浪声；莫纳斯提尔古城堡里，在酷似延安窑洞前的舞台上，我们与突尼斯朋友心连心；世界排名第三的杰姆古罗马斗兽场里，西安古乐“老虎磨牙”和口技演员模拟的虎啸声，让我们与阿拉伯人民一起浮想起两千年前角斗士奴隶与猛兽搏斗的壮烈场景……

在突尼斯杰姆古罗马斗兽场演出

我们是一支国家级的专业文艺团体，同时也是一支工人文工团。在摩洛哥马拉喀什演出期间，有两位来自磷酸盐矿的观众，当得知我们是煤矿文工团时，非常高兴。他们惊讶在中国竟然有一支高水平的队伍长期在为矿工服务，他们向文化参赞邢增河表达了欢迎我们去摩洛哥矿区演出的愿望。种种情形让我们在异国他乡体会到矿工的情意，岗位的光荣。

突尼斯迦太基艺术节是世界上著名的艺术节之一。此次与我们同来参加的有奥地利维也纳国家交响乐团、俄罗斯沙可夫斯基芭蕾舞团等十几个国家的优秀艺术团体。突尼斯文化部对我团非常重视，安排我团在具有三千年历史、全部用石头砌成的迦太基露天古剧场演出。当天恰逢突尼斯共和国日，突尼斯外交部部长、副议长、国防部部长、妇女部部长等高级官员与六千名突尼斯朋

世界著名的迦太基艺术节上热情的观众们

友观看演出。当我团舞蹈演员学跳“撒哈拉风情舞”时，全场沸腾，观众和演员一起扭动身躯形成千人同跳的场面。演出结束后，在顾逸群参赞陪同下，突尼斯官员来到舞台上与演员合影并说：“这是一个梦幻般的夜晚，突尼斯人民欢迎你们。”

2003 年为庆祝新西兰、中国建交 30 周年，新西兰和中国团体联合举办活动，我们组团赴大洋洲新西兰演出并顺访澳大利亚。

中国煤矿文工团赴新西兰、澳大利亚演出

队伍中有魔术大师王立民，他的“钓鱼”节目需要特殊的道具——小金鱼，在登机安检时总要被特别过问，按常规是不允许的。我们的英语翻译是北京大学刚刚毕业加盟我团的金铭，她扮演的琼瑶小说中的小婉君是家喻户晓的，每当王立民被问及所带的活物小金鱼时，金铭就跑上前去，边说边比画。不知是对方听懂了还是被她的表演唬住了，他们根本没看小金鱼，只看小金铭

艺术家王立民表演魔术《年年有余》

那忽闪忽闪的大眼睛……就这样小金鱼被一路顺利带到了新西兰奥克兰。而每次必备的一条大鱼，只有在中餐馆的鱼池里才找得到，当然，王立民每次表演后都完整无缺地还回原主。中央电视台导演苍莉莉和北京晚报资深记者翟伟都用镜头记录下大洋洲朋

武韬大使

中国煤矿文工团演出的世界名著《特洛亚妇女》《高山巨人》为黑哥们儿赢得了荣誉，在希腊、意大利均获得高度评价

友对中国艺术表现出的极大兴趣。

我驻澳大利亚大使武韬，把我们的演出安排在堪培拉剧院。他邀请了世界各国驻澳的外交官，这是一次富有国际性意义的演出。我们美声、民族、通俗三种唱法的歌唱家胡月、黄鹤翔、曾静、胡晓晴、江胜明、沈凌云等发挥各自的特点，使演出高潮迭起。当魔术师王立民在观众席中从贵宾的身后神奇地钓出一条大鱼时，大家惊呼起来，这是中国艺术家用艺术形式表达的祝福——年年有余！

当晚武韬大使宴请全团演职员，大家发现所有的餐具，都有明显的“钓鱼台”三个字，一种回家的感觉油然而生。武大使说：“弦和是我的小师弟，在北京二中上学时，我是他的少先队辅导员。”我接着说：“就是武大使教导我们‘红领巾是国旗的一角，是烈士的鲜血染成的’。”武大使边笑边说：“也许是这种缘分，他带领文工团出访的路线也一直伴随着我。我在俄罗斯当大使，你们从格鲁吉亚演出后赶到莫斯科；我调任澳大利亚，你们又有机会来到堪培拉，说明你们是一支经得起考验，又能代表国家水平的队伍，祝福你们每一位团员。”

我们文工团也是幸运的，我们不仅到过北美的美国、加拿大，南美的巴西，就是加勒比海的委内瑞拉、圭亚那、苏里南、特立尼达和多巴哥和中美洲的巴拿马、多米尼加也留下过我们的足迹。我清楚地记得在苏里南的一场演出，在我驻苏里南大使周谨的陪同下，他们的最高领导人光临了演出现场，他们在接见演员时一再表示对中国的友好，说通过演出了解了中国文化，知道了中国文化的内涵。

其实艺术团在国际上的演出慰问华侨华人是一方面，更重要的是让中国文化走出去，让世界了解中国。在巴黎的联合国教科文组织的大楼里，我们的演员为各国驻联合国的文化专员演出了

苏里南国家领导人与中国煤矿文工团艺术家合影

《和韵天歌》咏诵会。我和法语主持金小鱼用中法两种语言串联，看着观众席中金发碧眼的嘉宾，我一直担心他们看不明白，因为中国历史名人老子、孔子、孟子……他们知道吗？古体诗词能懂吗？居然，他们专注地看完了全场！谢幕后，他们走上舞台，通过翻译告诉我们："你们演唱和朗诵的作品我们不仅读过，而且还研究过。一说起孔子，我们眼前就会出现一个画面，在河边，在

中国煤矿文工团艺术家在巴黎联合国教科文组织剧场演出《和韵天歌》

中国煤矿文工团各分团领导及艺术家参观日本四季剧团

树下，一位老人设坛讲学，和弟子们开始关于家庭、关于天下的讨论……加上你们配合的舞蹈和器乐演奏，我们又一起走近这位老人。”

在这样“走出去”的演出中，我们文工团的演员承担了声乐、器乐、舞蹈的表演，出色完成了任务。

有人会问，亚洲的国家很多，你们文工团去过哪里？回忆的闸门打开，一幕幕情景浮现在眼前。新加坡、马来西亚、泰国、缅甸、斯里兰卡、朝鲜、韩国、日本、印度尼西亚、菲律宾……播撒友谊的种子，传扬中华经典文化。

我们组团赴日本，考察音乐剧的发展是难忘的经历。我国曾在1989年尝试排练了白云海、费明创作的音乐剧《我的夜生活》，张凯丽、孙悦斌、周铁主演，舞蹈演员、管弦乐队一并投入，可以说让人耳目一新，可惜未能与观众见面。我们抱着学习的态度组成了一个考察组。成员有上级部门的领导，文工团各分团的领导，加上团里几位主要歌手，黄鹤翔、谷峰和能歌善舞的雷凌、简莹等赴日本访问著名的四季乐团。

除了在剧场观摩四季剧团演出音乐剧外，最直接的座谈就是与浅利庆太先生的交流。这让日本演艺界知晓了中国煤矿文工团。浅利庆太先生详细询问了我团的历史、编制、具有的艺术门类、演员来自哪所艺术院校、上演过的世界名著，甚至每年演出的场次、演员的年龄、收入情况……我也询问了四季剧团每年演出计划如何落实，如何提前让观众预订剧场座位等细节。无疑，四季剧团演出的计划性，对我很有启发，为我们服务矿区的具体安排、交流衔接、三个分团的分工等都提供了参照。

世界各国的艺术家对中国煤矿文工团的存在都有极大的兴趣。因为这是全世界国家中，唯一的为矿工服务的、专业编制的艺术团。以至于后来的文化交流中，日本著名影星中野良子，听到中央民族乐团手风琴演奏家杨铁刚介绍“瞿先生来自为煤矿工人服务的文工团体”时，睁大了眼睛，用手指指我，又指指地面，翻译告诉我，她是在问：“你也要下到矿井里挖煤？”当我告诉她，是把节目演给矿工看，她伸出大拇指，不停地点头，并主动与我合影，我感受到她是在为这一职业点赞。

我们在亚洲马来西亚演出又是一次难忘之旅。1991 年我们分别在东马的古晋、诗巫、民都鲁，西马的吉隆坡、马六甲等

与日本影星中野良子、歌唱家牟炫甫、演奏家杨铁钢一起交谈

赴马来西亚演出，在万里长城大画幕前致辞并与歌唱家贺雷雨合影

地演出，最引人注目的是那幅贯穿舞台的画幕。宽 14 米、高 9 米的整块画布上呈现的是万里长城的景色，那是著名舞美专家王连友的杰作，壮观、逼真。以至于每场演出结束后，都有络绎不绝的观众请求在画幕前留影。印象最深的是一位坐着轮椅的老年人，在众人帮助下他的轮椅被抬到画幕前，他激动地说："我必须照一张，就好像我登上了长城，这是我一生的愿望，今天终于实现了！"

从属猴说起

我属猴，说起属猴的优点我脱口而出：“幽默机智、活泼宽厚、热情开放、心思敏捷。”属于缺点和不足的词，很少向人介绍。

我儿子也属猴，比我聪明，我希望孙儿也能属猴。一位长者告诉我：“不行，那样你家儿媳妇身体会吃不消！”似乎属猴的太闹了。

我夫人在旁说：“有道理！不仅我丈夫和儿子属猴，我妈妈、姐姐也属猴，我这只羊掉在花果山里，能不累吗？怪不得我体质那么弱呢！”

我不想评价十二生肖对人性格的影响，却想讲述一段“黑哥们儿”中属猴的人的创意及创意的成果。

山东淄博矿矿区工会副主席赵溪深与我同岁，也是1944年

与儿子在猴的雕塑前合影

赵溪深在办公室

的猴。他体态微胖，第一次见他，我说："咱俩这体型，要到淄博洪山煤矿下井可就吃力了。"他说："我还真下去过，洪山矿薄煤层的巷道特别矮，不论你是什么职务，矿长、书记、工程师都一样，匍匐前行，那时你才能真正理解五体投地的含义！稍不注意，一抬头，矿工帽就会撞到顶板上，有的掌子面只能侧躺着攉煤……""真不容易啊！""所以洪山煤矿五四采煤队才被称作特

与淄博矿区张道纶主席、赵溪深副主席合影

别能吃苦、特别能战斗，是1975年全国煤矿采掘队长会议表彰的十面红旗之一呀！”

2004年春节，我们按惯例赴淄博矿区慰问演出，由于是从新汶矿区演出后转道的，赵主席亲自来接。路途并不遥远，但需要翻过一座山，谁知一场大雪，使本来不高的山路变得湿滑起来，赵主席怕车辆打滑，让大家下车徒步翻山，浅绿色的团服组成一

冰天雪地徒步行军

四只 1944 年的“猴”

道道绿荫，形成独特的风景。

第二天在矿区俱乐部装台，赵主席邀我和属猴的同龄相声艺术家丁广泉到办公室小憩，走到半路，恰逢一位“黑哥们儿”干部，赵主席高兴地喊住他，原来他也是 1944 年出生的猴！他是淄矿集团济北指挥部的程楠荪副指挥。四只同龄猴聚在一起，仿佛是动物园里的猴山一角，真开心！

我们边走边聊，我看到矿务局院内的楼房与众不同，颇有外国洋房味道，就问赵主席："房子的底座都是整块石头、门窗的大小、宽窄、造型都不一样。""据说是德国建筑风格。"

他突然停住脚步，说道："这楼可不简单，1947 年 3 月 8—12 日，华野司令员兼政委陈毅同志率部在这里召开了华东野战军前委扩大会议。"我怔住了："这么有意义的地方，怎么不宣传啊？！"三个属猴的异口同声回应："是啊，有道理！"

我建议矿区应该把此处设定为"华东野战军前委扩大会议旧

矿区机关大院里的德式建筑

址”，变成爱国主义教育基地。“陈毅同志的儿子陈昊苏是我们文化艺术界的领导，我争取把他请来。”

只是一个建议，以为说了就过去了。没想到赵主席向矿区和淄博市的有关领导及时汇报并获得批准。赵主席打来电话，让我设法邀请陈昊苏同志光临淄矿。

在中国剧院朗诵陈毅诗词

昊苏同志时任广电部副部长等要职，平日工作很忙，日程安排很紧，打了几次电话才接通。他先感谢我和夫人在中国剧院参加“陈毅诗会”的演出，夸奖我们与指挥家谭利华配合默契。当听到华东野战军前委扩大会议旧址一事时，他很痛快地说：“好啊，我跟你一块儿去！”

那时还没有高铁，我按约定时间到达火车站。昊苏部长只身一人准时出现。咦，怎么秘书没来？票也没买！我在售票处说明部长身份，但被告知，没有提前通知，也没有证明，只能购普通

揭幕仪式合影

陈昊苏与淄博市副市长饶明忠为纪念碑揭牌

票。我后悔自己的疏忽，昊苏部长看到我为难，笑着拍拍我肩膀：“咱们本来就是普通人嘛！”就这样，我们乘硬座抵达淄博站。

赵主席和其他矿区领导的热情欢迎减轻了我的尴尬。昊苏部长马不停蹄地赶到现场，仔细询问历史记载并愉快地出席了纪念馆成立的庆祝演出，和淄博市领导一起剪彩。

昊苏同志还亲切地和“黑哥们儿”合影留念并赠诗一首：铁军征战凯歌声，前敌英才此论兵。淄矿百年留见证，中华崛起为和平。我和夫人一起朗诵了陈毅元帅的诗作并全程陪同昊苏部长。

陈昊苏与淄博矿区领导在一起

在揭牌纪念演出中朗诵陈毅诗词

演出后与赵主席合影

话剧团艺术家隋振芬等
与刘胡兰母亲在一起

话剧团艺术家在红岩村

我心里有一种特殊的感受，那就是“黑哥们儿”对革命历史的尊重、对老一辈革命家的爱戴。

曾记得在重庆，矿区领导安排我们参观红岩村；在山西，矿区组织我们前往八路军司令部旧址、文水县刘胡兰家乡；在四川，

电视剧《少奇同志在安源》剧照

在京西矿务局参观矿史展览

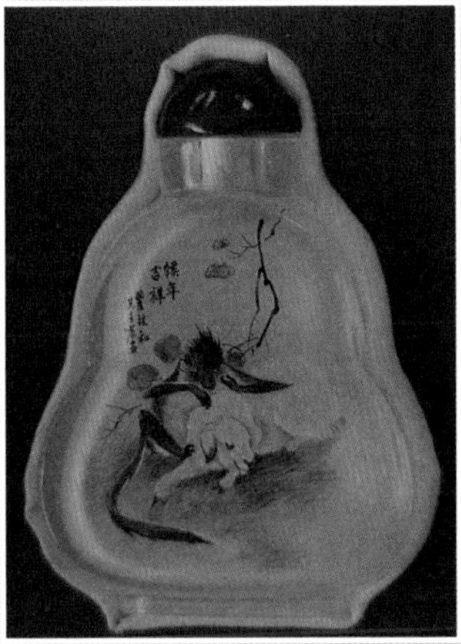

猴羊和乐图

广西右江工农民主政府旧址

矿区让文工团演职员拜谒邓小平故居；在江西萍乡我们与“黑哥们儿”一起拍摄了电视剧《少奇同志在安源》；在山东枣庄，矿领导让我们了解铁道游击队的斗争史；在京西矿务局，我们在矿史展览馆忆苦思甜；在广西百色，局长亲领我们到百色起义小平同志登岸处；在右江，矿区领导带大家参观右江工农民主政府旧址时，全体演出人员还在旧址会堂开展了“党性教育活动、重温入党誓词”……

赵溪深是个仔细人，他告诉我，淄博有一个内画壶大师张广庆，画猴特别拿手，他说：“你这个属猴的必须收藏一个。”我说：“我夫人属羊，能否让他画猴羊合乐呀？”在赵主席的帮助下，愿望实现了，张广庆大师的猴羊合乐内画壶成为珍贵的藏品。

赵主席还像淘气的猴子似的告诉我：“猴爱吃桃，特别是黄色

朗诵陈毅诗词《渡黄河作歌》

陈昊苏接见演员

水蜜桃。淄博的博山区盛产瓷器，有一种黄色的形似桃状的瓶子非常难买到，因为颜色要求，烧制过程中常常半途而废。哪天我亲自去盯着，帮你买一个，绝对漂亮！”

这个黄桃瓶子后来我一直放在书架上，其色泽均匀，非常可爱。黄桃瓶子被我属猴的儿子悄悄地拿走了，后来他告诉我，可能属猴的都想拿，太像黄金桃啦！

与赵溪深主席一家

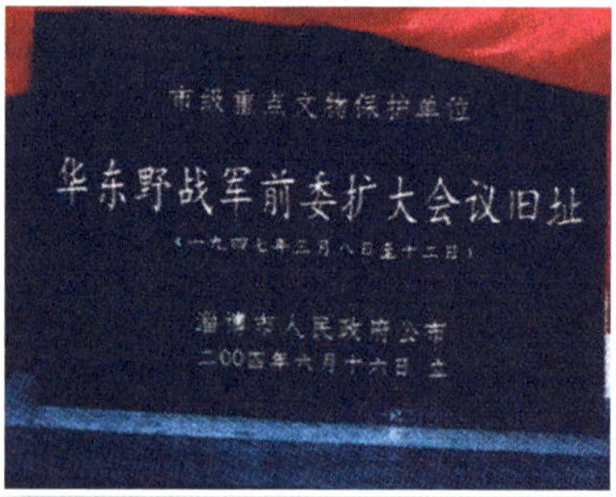

华东野战军前委扩大会议旧址

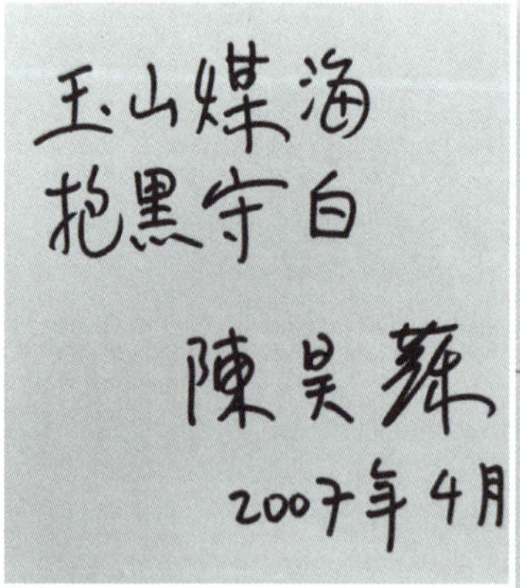

陈昊苏同志为中国煤矿文工团
成立六十周年题词

赵溪深的外孙也像个小猴子一样活蹦乱跳，大学学了影视传媒的相关专业，那天我给赵主席打电话汇报在北京世纪剧院举办了第二次陈毅元帅的诗歌朗诵会，我们老两口朗诵的作品是表现淮海战役渡黄河的，效果特别好。还想告诉他，谢幕时再次见到了陈昊苏老部长，握手时昊苏同志一再叮嘱我向淄博的老朋友问好。

没想到电话是他外孙接的，没等他姥爷来，他就说了一句：“当年你们属猴的创意真好！矿区机关大院里的‘华东野战军前委扩大会议旧址’不仅成了爱国主义教育基地，而且 2013 年 5 月被国务院公布为第七批全国重点文物保护单位，近二十年内参观的人源源不断。我为你们属猴的点赞！”

零的赞歌

“零”意味着没有数量，表示“无”。零感染、零失误、零事故……是生活中常听到的提法，它是一种要求，一个目标。

“零的赞歌”是我亲身经历的一场演出。

2003年，非典病毒，突如其来。北京，这座热闹非凡的城市，变得冷清、萧条，为控制疫情蔓延，国家把部分医院作为收治非典病人的定点医院，而且要求医护人员做到“零感染”。

位于北京朝阳区西坝河的煤炭总医院接受了这一艰巨任务，无形的压力使医院外围都拉起警戒线，无关人员不允许接近，医生护士忙碌着、战斗着。

文工团是煤炭系统的一员，我们和煤炭总医院心相连、情相牵。我驾车途经医院门前，脑子里做出了一个令人想不到的决定，带队进入煤炭总医院，在广场上演出，支援煤炭总医院，慰问白衣天使。

部办公厅领导有些担心，让我慎重考虑，因为疫情还未结束，但医护人员已连续奋战多日，我们要向煤炭医院表达我们的声援和敬意，于是我按防护要求，做好各项安全措施，毫不犹豫进入医院，在广场搭台。

医院停车场是南北走向的空地，我们把舞台搭建在车场的南边，医护人员可成排坐在矮凳上观看，而非典病人的住院楼恰好

与文工团徐瑞峰书记一起代表中国煤矿文工团演职员向煤炭总医院领导王明晓、李德清、曾庆玉等表示慰问

舞蹈家闫冬梅、杨国华表演双人舞《零的赞歌》

与艺术家金铭主持慰问演出

在北面，正对临时舞台，他们可以在窗内听到、看到文艺演出。演员不进入楼内，不允许握手、拥抱，在大轿车内化妆、换装、候场。

当演员坐的大轿车抵达医院时，七位医院领导——院长、副院长、书记、副书记身穿白色医护服，列队在门口迎接一排排医护人员戴着口罩，整齐成排坐满了车场，有几位住院治疗的非典病人也在窗内向我们招手。我心中涌起一股莫名的激动。

团里的主要演员悉数到场，我和大家喜爱的小童星金铭开始主持，护士们喊着：“小婉君，你好！”金铭也热情地向护士们挥手。演出中最受欢迎的是双人舞《零的赞歌》，两位舞蹈家闫冬梅、杨国华表演了拉丁舞，冬梅戴护士帽，在杨国华的托举下，翩翩起舞，仿佛“救死扶伤”“大爱无疆”的南丁格尔精神在升华！

“零”让我想起我爱人在煤炭总医院被抢救的经历。那次，筠英浑身无力却不知病因，她性格倔强，从不轻易上医院。我们的朋友广安门医院的国医许铣大夫得知后，不顾八十岁高龄来到家中，他说：“瞿老师，你马上开车，送她去你们医院，我给你写个纸条，到医院会马上做心电图，若不是心脏问题，你再拿出来。”下楼时，筠英还说：“您这是诸葛亮的锦囊妙计吗？”许大夫说：“心脏都快不跳了，还开玩笑呢，快去吧！”到达医院，已是零点，艾秀华护士长把急诊室的值班大夫请来，认真看了心电图，觉得不是心脏问题，此刻我拿出了纸条，其实只有四个字“注意血钾”。一验钾，天啊，已经低到了极限以下，这时我看到急诊室墙上多张急诊须知，其中有一条是“低血钾者，不及时缓解，会有血压下降，心脏扩大甚至死亡的危害”。艾护士长说：“输液补钾，抢救！”

“零”让我想起了我患脑梗死的过程。“铃”与“零”同音。那天我在工作室整理我收藏的世界各国的铃铛，记录下国家名称、铃铛质地、形状大小，哪位朋友捎来或自己何地购买……夫人在

夫人张筠英在
煤炭总医院

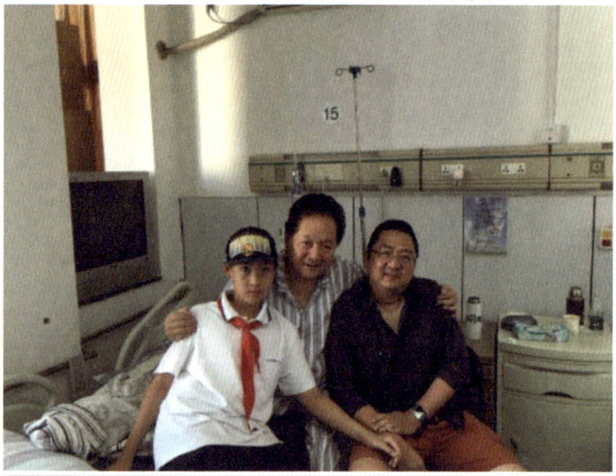

儿子瞿佳、孙儿瞿聪融到煤炭总医院看望

夫人张筠英关照

旁边说："你怎么字越写越小，累了吧？早点睡吧！"次日凌晨，自感口齿不清，试着说几句绕口令，怎么也说不成。我对夫人说："我开车去煤炭医院查一下。""别自己开，大滨子住得不远，我让他来。”

到达煤炭医院急诊室，早上7:40，除艾秀华护士长外，张涛主任也在，他们说：“老团长，咱们一步到位，直接做核磁。”真有好运，核磁室尹晓明大夫提前上班正做准备，紧接着曾庆玉书记也赶到了，核磁结果发现小脑中有黄米粒大小的栓块……也就是说在犯病后不到两小时我输上了液！

说话不成句，手写不成字，望着输液瓶，“孤零感”油然而生，艺术生命就此终结了吗？再也上不了舞台，再也不能朗诵了？……不！“零”意味着重新开始，是新的起点，我不应向命运低头。我给自己制订了与疾病做斗争的计划：除医嘱治疗外，每天写日记，早晚各背诵一遍白居易的《琵琶行》：“浔阳江头夜送客，枫叶荻花秋瑟瑟……同是天涯沦落人，相逢何必曾相识……”。

一个半月的坚持，在院领导及周卫东主任、杨芳等大夫的精心治疗下，在老部下沈旭滨、郭立平的陪护下病情明显好转，竟然在出院的第三天又奇迹般地参加了国家级大型演出活动《永远的长征》，仍担当晚会的主持人，导演不知我刚痊愈，他要求我出场时像战士一样以坚定步伐走到台中。在场的总政话剧团艺术家翟万臣看我排练，惊讶地说：“腿脚还行啊！”

“零”，让我又一次思考生与死。我曾目睹了医生多次的抢救，当心电图上心脏跳动的波纹变成直线时，宣告生命终止。在煤炭

朗诵白居易名作《琵琶行》

坚持主持国家级大型晚会
《永远的长征》

坚持参加中国文联节目录制

总医院，我送陪多位文工团的艺术家走完生命的最后一程。与我长期合作的党委书记王振宇在治疗癌症的过程中，我曾让他住进肿瘤医院，我去探望他时，他说了这样一句话："弦和，让我回煤炭总医院吧，我死也要死在自己的医院。"当他告别人世时，我们夫妇二人赶到病房，向遗体深深鞠躬，并推车送到太平间。我在煤炭总医院住院时，当病房是阴面房时，我每天都能看到后院的小路，路边就是太平间。看到失去亲人的家属推进推出遗体的

在病房小桌前坚持线上讲座

"夫妻病房"的难忘时光

与李长新主任、艾秀华护士长在煤炭总医院楼前合影

瞬间，我都会默念书法家王羲之《兰亭序》中的名句“死生亦大矣”。

中国煤矿文工团艺术家在煤炭总医院门诊楼前演唱

在更名为应急总医院的杨芳大夫诊室内合影

“零”，让我回忆起“夫妻病房”。2020年的新型冠状病毒肺炎肆虐，到医院看病必须先做核酸检测，若住院，不允许陪住、不能探视……夫人筠英又一次面临抉择，她在家中站、坐、卧都不能坚持，但仍不愿去医院。我说：“我脑梗后遗症也需复查，我陪你一块去，申请一间夫妻病房，我陪着你。”“那行！”第一夜等待核酸结果，第二天获准住进夫妻病房，我说：“这回又是新的体验，是‘夫妻双双进病房’。”她说：“你别闹了，柳景华大夫叮嘱的检查还不知结果呢。”话音未落，十几位医护人员走进病房，主治医生李长新主任警告筠英：“千万别乱动，你是肺栓塞，有百分之八十的猝死率，你再晚来一点，人走了都不知怎么走的。”在医生的精心治疗下，十五天后栓块儿明显化小，我们又一次战胜了病魔。

煤炭总医院现更名为“应急总医院”，国家又重新修建病房，添置新设备，虽然服务面扩大，但它永远为煤炭人保驾护航。

我的石油情缘

人民公墓位于北京长城脚下，每年清明时节，我们夫妇都会来看望好友唐整，她是我夫人�英的中学同学，也是让我们一家人团聚的恩人。

唐整的父亲唐克是新四军老一辈革命家，高大英武的身材，一头偏浅黄色的银发，他的风度在外交场合能为中国赢得气场，在工作岗位平添了一丝威严。

中华人民共和国成立后，他长期担任石油工业的领导，而在煤炭、石油、化工合为燃料化学工业部时期他又担任燃化部副部长。

我们夫妇从中央戏剧学院毕业后分居两地，筠英留在母校任教，我到青海省民族歌舞团和青海省话剧团工作。面临父母年迈

在北京人民公墓为好友唐整扫墓

唐克部长与高扬文、贺敬之、柯岩等领导
接见中国煤矿文工团演员

多病、孩子小需要照顾的实际情况，调动工作，解决夫妻团聚成为一大难题。

正是在唐克副部长和青海省副省长薛宏福的关心下，在筠英的不懈努力下，我才得以从大西北调回首都北京，这在当时，可谓“比登天还难”啊！我永远不会忘记唐克部长和他女儿唐整的恩情。

调入中国煤矿文工团后，我不仅和煤矿工人，也和石油工人结下了不解之缘。

歌曲《我为祖国献石油》响彻大江南北，在熟悉的旋律中，我和演员们一起赴大庆油田、大港油田、任丘油田、胜利油田、青海油田体验生活，慰问演出，我团的钢琴演奏家李忆墅还保留着文工团在海上油田慰问演出的照片和报道。

1974 年中国煤矿文工团排演原创话剧《创业》，让我扮演剧中的“铁人”周铁彬，赴大庆 1205 钻井队体验生活。时任队长是“铁人”王进喜的接班人刘嘉铭，他个子不高，胖胖的，壮壮的，脸上总带着笑容，乐观开朗，办事“干巴利索脆”。

他怕我住活动板房不习惯，让我住进了队荣誉室，它位于井架旁，与工人住的宿舍并排，这虽然是随队移动的一间普通的板房，但与众不同的是房内四周挂满了各种锦旗和奖状。刘队长让工人们临时安置了上下铺，我睡在下铺，上面放我的行李。这个荣誉室有一个最大的特点就是极其暖和，不仅如此，走进板房，

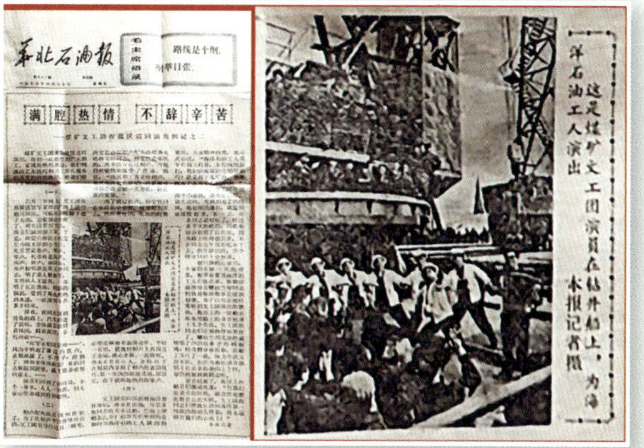

华北石油报

满腔热情 不辞辛苦

这是煤矿文工团演员在钻井船上，为海洋石油工人演出
本报记者摄

中国煤矿文工团赴海上油田慰问演出

与 1205 钻井队队长高金颖、刘嘉铭在井架旁

就有一种荣誉感，石油工人建设祖国的热情熏陶着你，工人阶级的情谊温暖着你！在板房里穿单衬衣都行，但要外出解手，必须全副武装。

第一个夜晚，解手回来，习惯地拉门把手，哎呀，差点被粘住，吓了一跳，太冷了！第二天一早，去吃早餐，饭盒里的高粱米粥竟然有冰碴，寒冷的气候，给了我下马威。

钻井台是离我们很近的地方，我们可以看清工人师傅如何用

中国煤矿文工团话剧团原创话剧《创业》剧照

刹把控制钻井机，可以看到换钻杆的全过程，为安全起见，工人师傅是不允许我们直接插手的，仅让我们做些力所能及的搬运工作。话剧中有主人公手握刹把的情节，我们只能在旁不停地观看。

刘队长似乎看出了我的心思，那天他突然叫我：“你过来，手放上。”我竟然握上了刹把！他把自己的手扣在我手上，我感受到刹把的抖动，更感受到刘队长的握力，石油工人的力量。这短短的瞬间，却让我在排练这场戏时，有了真实感，心里踏实。我想起毛泽东主席在延安文艺座谈会上的讲话，深入生活的形式，不论是“走马观花”“下马观花”还是“安家落户”，都是文艺工作者的生活积累，这种积累，将有助于世界观、人生观、价值观的形成，终身受益。

我们在萨尔图大庆工人俱乐部，为石油工人演出了三场话剧《创业》，这是早于电影的话剧舞台演出，也是我们为石油工人的奉献。

与此同时，中国煤矿文工团的创作人员也深入大庆油田，词作家是曹勇，担任作曲的正是张筠英的姐姐，曾在“世界青年联欢节”上，因“小鲤鱼跳龙门”的音乐而获奖的张筠青。

套曲《大庆工人歌》问世了，由独唱、男声、女声、合唱、二重唱、混声合唱组成，而我是曲间的朗诵者之一。

1974 年，中国煤矿文工团交响乐队、合唱队在北京首演《大庆工人歌》，我和毕业于北京电影学院的马秀萍担任朗诵。应该

合唱《大庆工人歌》曲作者、作曲家张筠青

与艺术家马秀萍担任合唱《大庆工人歌》中的朗诵

说如果没有去过油田，没有亲身的体验，那是无法完成的。

我印象深的是第二段的朗诵词：“天上星星亮晶晶，地下篝火一片红，大庆工人学理论，油田一片读书声。”这种情景1205钻井队刘嘉铭队长亲自给我讲述过，他是大庆油田首届学习毛主席著作标兵。大庆的学习之风，在全国是领先的，在油田开发实践中，“篝火学两论”传遍祖国大地，通过对《矛盾论》《实践论》的阅读，在思想方法上掌握了开发油田的思路。他说，师傅王进

与话剧团演员一起参观大庆油田第一口油井

喜就认为这矛盾、那矛盾，国家建设等油用是最大的矛盾。

学习到这些，朗诵时眼前就会浮现“油田一片读书声”的情景。

我和大庆的缘分一直没断，主持了“大庆工人运动会”，多次赴大庆参加演出、讲课，我熟悉大庆，热爱大庆。当年大庆油田第一口油井，先进采油女工李海峰，先后担任了共青团中央、全国政协的领导，她始终没有忘记我们这些慰问过石油工人的文

与大庆图书馆馆长张鹏辉一起参观铁人纪念馆

艺工作者，每逢年节，都会打电话问长问短，关心备至。

大庆图书馆馆长张鹏辉带我参观铁人纪念馆，路上我问她："为什么磕头机有不同的颜色？"她脱口而出："那是抽油机的身份证，上面有井号，有红、蓝、绿、黑等不同颜色，每个采油厂按注入方式、开采时间刷成不同色彩。一厂的基础井是墨绿色，三厂的基础井是浅黄色……"

鹏辉馆长不仅是石油工人队伍中的一员，还积极组织油田的读书朗诵活动，注意对青少年的培养。她组织了《阅读·传承》在体育馆的朗读大会，把我从北京请去，与青年代表、少年儿童代表三个人朗诵了一个老、中、青三代传承的作品，这首作品有一个很好的切入点，那就是"阅读"。"人类的进步，建立在阅读的基础上，后人阅读前人，前人阅读更前的人。""阅读前人的经验和教训，在阅读中建立自己的世界观和价值体系。"

这个节目在演出中引起观众极大的兴趣，突出了直接提升全民素质的重要途径，最后三人合诵："在阅读中创造更加美好的未来。"观众报以热烈的掌声。

鹏辉告诉我，大庆油田始终坚持着优良传统，不仅重视阅读，而且朗诵活动开展得极为普遍，尤其是家庭朗诵会形式已成为鲜明的特点。

大庆首届 926 文化艺术节开始了，大庆朗诵学会负责人之一王学斌邀请我和张筠英参加系列演出，在演出前，我代表中国诗

与大庆油田青少年合诵

为大庆油田颁发“全国朗诵艺术基地”证书和牌匾

在大庆文化艺术节上与艺术家张筠英朗诵祝福大庆的诗篇

歌学会朗诵演唱专业委员会颁发了大庆油田为“全国朗诵艺术基地”的证书和牌匾，全场一片欢腾。我们夫妇二人又朗诵了歌颂大庆油田的诗篇，献上了对油田发展的祝福。

2019 年，时隔《大庆工人歌》创作四十五年，我们重录了合唱和朗诵。担任合唱的是北京东城第二文化馆的华风合唱团，我

重新录制的《大庆工人歌》光盘

与艺术家张筠英录制词作家曹勇创作的《大庆工人歌》朗诵词

们老两口录制了朗诵部分，录制当天，年逾八十的作曲家张筠青坐着轮椅赶到现场。合唱队由各行各业的声乐爱好者组成，他们当中不乏参加过社会主义建设的老同志，回忆起石油工人大奋战的情景，不少人流下了眼泪。

指挥李德伦（女）说：“这首歌体现了大庆精神，旋律很美，我们合唱团会作为保留节目传唱。”

北汽话剧人

在北京朝阳区呼家楼北京汽车制造厂北厂宿舍区有一幢不起眼的建筑，被称作“北汽礼堂”，它没有特殊的造型，却见证着北京汽车工业的发展。

改革开放初期，有一群热爱话剧艺术的青年，曾在这里留下青春岁月。那时，我们夫妇曾在这里做教学辅导，见证了这群北汽青年对艺术的追求。40 多年过去了，我依然记得那些朝气蓬勃的面孔，记得他（她）们的名字。他们自豪地说：我们是“北汽话剧人”。

领头的骨干叫闫敏，是当时厂里人武部工作人员。他身高一米八，声音浑厚，给人的第一印象是帅气、精力充沛。闫敏会背诵许多诗词，颇有朗诵天赋。更难得的是，他有出色的组织能力，各工种各部门喜欢艺术的工人都是他的好朋友。在厂工会的支持下，北汽话剧队很快就组成了。

作为教师，我们给他们选了一个小话剧《三月春风》，反映的是改革开放给社会带来的变化，充满了生活乐趣，真实又自然。剧中人物均是生活中熟悉的人：街道干部、热恋中的青年、贴广告的小伙子、普通居民等。排演也简单，没有布景，二道幕前即

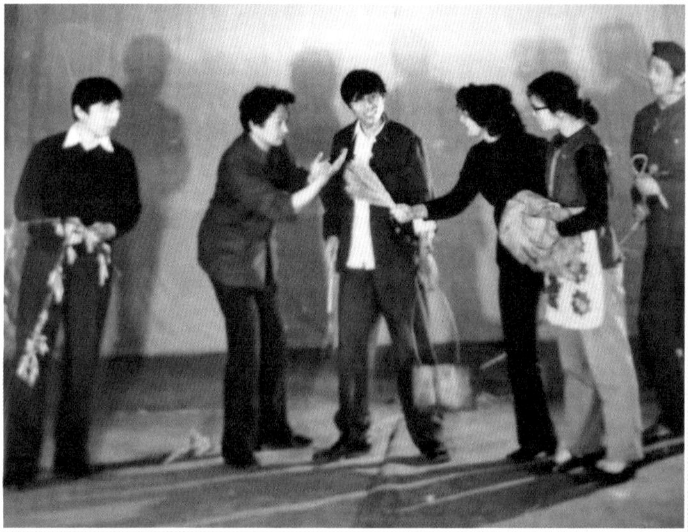

与夫人张筠英一起给北京汽车制造厂话剧队排小话剧《三月春风》

可表演。道具均是手持的，拿两根柳树枝就变成小树，立正站直就像电线杆，两人拉起一根绳就可以晒被子。街道干部臂戴红袖标巡视检查，发现不正之风立即出面制止。小话剧《三月春风》充满着喜剧色彩。他们认真排练、反复练习，有人下班后来不及吃饭就直接赶到剧场排演，《三月春风》演出后，队员们高兴地说："我们终于入门儿了！"

电影导演艺术家谢晋与北汽话剧人合影

1982年，上海电影制片厂著名导演谢晋给我打电话说：“电影《秋瑾》正在北京拍摄，需一批群众演员，你帮我找一下。”闫敏自告奋勇地带着十余位“北汽话剧人”前往拍摄现场，却没想到剧组要求群众演员都要剃光头！要知道，群众角色只是短暂出现，在影片中体现时代背景，烘托现场氛围，字幕上都不会出现名字，他们会同意吗？就算是小伙子，把满头茂密的头发剃光，在当年也需要一定勇气。

又是闫敏带头，二话不说，第一个剃成光头，所有参加拍摄的“北汽话剧人”也跟着剃，无一例外。谢晋导演对我说：“他们太爱演戏了，每个人都表现得很好！”拍摄完成后，谢晋导演主动与这些“北汽话剧人”合影留念。

话剧艺术要求演员“德在先、戏为天”，学习话剧艺术的过程，也是陶冶情操、提高修养的过程。这批“北汽话剧人”坚守着对话剧艺术的热爱，不仅在本职工作岗位上成绩优异，还用话剧艺术丰富着工厂的文化生活。

后来，闫敏的才华被专业人士看中，成为北京电视台专职的新闻记者。他参与采访的黄河漂流活动，是世界探险史上的一项创举。他参加北京市委组织部主办的“党旗下的风采”电视演讲，获得一等奖，还被评为北京市百佳优秀记者。

“北汽话剧人”时常回忆这段难忘的时光，学习话剧艺术是他们人生中宝贵的经历。女队员韩志兰从北汽走上科研岗位，到

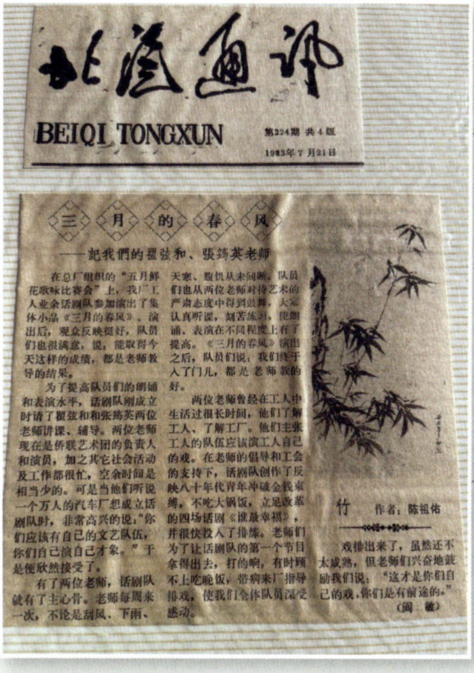

北汽通讯

BEIQI TONGXUN　第224期 共4版　1983年7月21日

三月的春风

——記我們的翟弦和、張筠英老师

在总厂组织的"五月鲜花歌咏比赛会"上，我厂工人业余话剧队参加演出了集体小品《三月的春风》。演出后，观众反映挺好，队员们也很满意，说：能取得今天这样的成绩，都是老师教导的结果。

为了提高队员们的朗诵和表演水平，话剧队刚成立时请了翟弦和和张筠英两位老师讲课、辅导。两位老师现在是侨联艺术团的负责人和演员，加之其它社会活动及工作都很忙，空余时间是相当少的。可是当他们听说一个万人的汽车厂想成立话剧队时，非常高兴的说："你们应该有自己的文艺队伍，你们自己演自己才象。"于是便欣然接受了。

有了两位老师，话剧队就有了主心骨。老师每周来一次，不论是刮风、下雨、天寒、酷饥从未间断。队员们也从两位老师对待艺术的严肃态度中得到鼓舞，大家认真听课，刻苦练习，使朗诵、表演在不同程度上有了提高。《三月的春风》演出之后，队员们说：我们终于入了门儿，都是老师教的好。

两位老师曾经在工人中生活过很长时间，他们了解工人、了解工厂。他们主张工人的队伍应该演工人自己的戏。在老师的倡导和工会的支持下，话剧队创作了反映八十年代青年冲破金钱束缚，不吃大锅饭，立足改革的四场话剧《谁最幸福》，并很快投入了排练。老师们为了让话剧队的第一个节目拿得出去，打的响，有时顾不上吃晚饭，带病来厂指导排戏，使我们全体队员深受感动。

戏排出来了，虽然还不太成熟，但老师们兴奋地鼓励我们说："这才是你们自己的戏，你们是有前途的。"

（阎　敏）

竹　作者：陈祖佑

闫敏在《北汽通讯》上发表文章

了中国科学院金属研究所工作，退休后专程从沈阳来北京看望我们，一见面就对我夫人张筠英说："张老师，我永远忘不了您！"筠英怔了一下，韩志兰讲述了缘由："我刚进北汽话剧队时，心情并不好。因为家里女孩多，我一直不被重视。你辅导我朗诵《荷塘月色》时告诉我要体现对美的追求，人在忧郁时要想到美，要看到希望，这句话我一直记得！《荷塘月色》我现在还会背诵。”她说，“北汽话剧人”改变了她的性格，也改变了她的命运。

“北汽话剧人”的上级领导是时任厂工会负责人的陈福兰，热爱话剧艺术的她，后来把儿子培养成了北京电视台出色的主持人。工会非常重视企业文化及职工的业余文化生活！她努力为厂

四十年后与北汽话剧人重逢

里各类文艺组织提供经费、场地，并积极开展送出去、请进来的培训工作。无论是话剧团、京剧团等都取得了显著成绩！队员刘德才不仅能说会演，还刻苦学习摄影技术，现在已成为北京演艺进修学院的主讲教师。队员刘庆生是我学习开车的教练，帮我在副驾驶上加了刹车，陪我在不同路段训练，使我成为在 1988 年就拿到驾驶证的老司机。

当年的那批“北汽话剧人”的主演米清河、杨志广、徐利平、杨建忠、苏维、乔鸣麟等人至今还为话剧事业、朗诵艺术做贡献，米清河担任了“北京天合朗诵团”的团长，乔鸣麟还扮演了纪录片《孔子》中的孔子，《秦始皇》中的秦始皇。40 年弹指一挥间，如今追忆起与“北汽话剧人”一起度过的时光，眼前就浮现出一边吃肉夹馍就凉白开，一边排戏的情景，那段岁月仿佛就在眼前。